【好了堂文学译丛】

孙更俊

译著

尼采诗歌选

图书在版编目（CIP）数据

尼采诗歌选 / 孙更俊译著 . -- 北京 : 中国文联出版社 , 2015.10（2025.4重印）

ISBN 978-7-5190-0700-3

Ⅰ . ①尼… Ⅱ . ①孙… Ⅲ . ①诗集—德国—近代 Ⅳ . ① I516.24

中国版本图书馆 CIP 数据核字 (2015) 第 259363 号

尼采诗歌选

译　　著：孙更俊

出 版 人：朱　庆

终 审 人：朱彦玲　　复 审 人：王　军

责任编辑：郭　锋　　责任校对：林香云

封面设计：凤凰树文化　　责任印制：陈　晨

出版发行：中国文联出版社

地　　址：北京市朝阳区农展馆南里 10 号，100125

电　　话：010-65389139（咨询）65067803（发行）65389150（邮购）

传　　真：010-65933115（总编室），010-65033859（发行部）

网　　址：http://www.clapnet.cn

E-mail：clap@clapnet.cn　　guof@clapnet.cn

印　　刷：三河市宏顺兴印刷有限公司

装　　订：三河市宏顺兴印刷有限公司

法律顾问：北京市天驰洪范律师事务所徐波律师

本书如有破损、缺页、装订错误，请与本社联系调换

开　　本：710 × 1000　　1/16

字　　数：55 千字　　印　张：16

版　　次：2016 年 1 月第 1 版　　印　次：2025 年 4 月第 3 次印刷

书　　号：ISBN 978-7-5190-0700-3

定　　价：48.00 元

弗里德里希·威廉·尼采（1844 ~ 1900）德国著名哲学家，西方现代哲学的开创者，语言学家、文化评论家、作曲家、思想家，诗人。

目录 content

译著总序……001

邀　请……001
我……003
你……004
遗　忘……005
道　德……006
智慧与美……007
跟随你自己……008
心中的蛇……010
玫　瑰……011
愤世与狂妄……012
自　白……013
孩子与巨人……014
善舞者……015
实　话……017
锈　迹……019
登到山上去……020
强者与弱者……021
人的心……022
时间的伸缩……024
既然如此……026

狂　妄……028
掠夺与偷窃……030
自　己……031
悲　观……032
自　己……034
台　阶……035
行　者……036
婴　儿……037
星星的哲学……038
孤　独……039
神　圣……040
永远的囚徒……041
天马行空……042
所谓的哲学家……043
冰块儿……044
那时和现在……046
危险旅行……047
虔　信……049
夏日里……050
不嫉妒……051
真正的朋友……053
原　则……054
真正的荣誉……055
从学生到学者……057
我来了……058
路　上……060
落　日……061
该死的法则……062

智者说……063
女人——魔鬼……065
钥　匙……067
写　字……068
猫　枭……069
给读者……070
神秘主义……071
步韵填词……073
如　果……074
鼻　子……076
地狱的景象……078
远离赞扬……079
皮浪主义者的窘境……080
我是火焰……081
星的宿命……082
诗　人……084
你是个诗人……086
虔诚的贝帕……089
昨　夜……091
爱　情……093
牧羊人的歌……094
飘忽的幽灵……096
城市的墙壁……097
诗人的自慰……098
在威尼斯……100
永　恒……102
在西尔斯·玛丽亚……103
致地中海北风……104

致忧郁女神……107
午　夜……110
友谊颂……112
赶路者……114
梦游的男孩儿……116
秋天来了……118
斯塔格里诺广场所见……120
天使号双桅船……121
瑙西卡之歌……122
我爱你墓碑……123
友　谊……124
理想的虫草……126
我……128
秋　树……129
我不会死……131
新哥伦布……132
幸　福……133
早　晨……135
黄　昏……137
误　解……138
书……140
神　经……141
犬　儒……142
定　律……143
高尚的灵魂……144
包　装……146
我的书……148
星　云……150

皇帝的新衣……152
人还是动物……153
邪恶的沙文……155
德　国……157
畸　形……159
进化论……160
隐　居……162
关于灵魂……164
学问与低头……166
镣铐之舞……168
想象快乐……169
自己的脑袋……170
谎　言……172
盗　贼……173
灵　魂……174
垫脚的石头……176
创造者……178
关于永恒……180
故　事……181
关于酒……182
悲　哀……183
笑的艺术……184
黄　昏……185
最孤独者……186
忘却时间……188
蜜　蜂……189
铁的沉默……191
石　像……192

革命人……193
松　柏……194
另一个自己……195
归　宿……196
我……198
无家可归……199
归　乡……201
献给我自己……204
荷马荷马……206
导　游……208
醉　歌……209
《人性，太人性了！》题词……210
写在我门楣上的话……211
自　嘲……212
题《查拉图斯特拉如是说》……214

*　*　*

查拉图斯特拉如是说　第一部……217

*　*　*

后　记……231

译著总序

如果我们承认文学作品的翻译不同于一般的翻译而应该是一种文学的再创作，那这些译者的大名也就应该明明白白地标示在文学作品的封面上，而不仅仅是扭扭捏捏地掩面在内封里，而所谓“译”也就至少要成为“译著”了。至于他们是不是合格的文学翻译家或翻译艺术家，就只好交给读者和历史去判定了。

对于来自于异域的经典文学作品，不管是死译、硬译、直译、转译、首译、再译，总之我们现在已经有了许多的译本，而且对中国文学的发展也的确产生了不少积极的影响。或许我们自“五四”以来的新文学就是在这样的影响下产生和成长起来的，但进入21世纪以后的今天，我们或许应该对其进行一番反思，我们对这些来自于异域的文学经典的翻译是否经典，是否会因为译者在外语和汉语上都还有着这样或那样的不足而降低了这些经典的经典性。如果真是这样的话，这些所谓经典的译著会将我们带到何处去呢？至少，中国的所谓新文学或许会走入一个很尴尬的境地，总有一天会成为人类的笑柄。

我或许并不是最先发现这个问题的人，但一定是第一个深入思考并努力来解决这个问题的人。于是有了我的“新译”，即在原著和各种译本基础上的再创作，而且逐渐地成了一个系列，不仅包括一些经典的诗歌和小说，还包括一些宗教和哲学，既有直译，也有转译，还有更多的是改译，“新译”不过是一个统称。我知道，这或许会是一件比其他形式的翻译更为费力而不讨好的事，但我曾又自诩是一个“既为未来开门户也为过去擦屁股”的人，因此这也就成了我的分内之事，虽然有的时候会因此而感到悲哀，但有的时候也会感到很愉快的。

我坚信，和其他的译本比较起来，我的新译本一定是更好的读本。

2015 年 8 月于北京西山

邀 请

朋友，请来读我的诗
就像品尝我的菜肴
这是我的私房菜
味道当然独特得很
其中会有一些新东西
你们或许没碰过
所以要有一些胆量
做第一个吃螃蟹的人

今天还觉得味道有点儿怪
明天就会觉得了不起
后天就会跑回来
还会叫来张四和李七
甩开腮帮子吃
竖起大拇指叫好
我的生意就会红火起来
我也就会把这桌菜继续做下去

否则啊

我这个蹩脚的诗人

还不如就此封笔

我

只有放弃追寻
人生才会有奇遇
只有逆水行舟
才算得上是进取
我登上山顶
才见到了大海的广阔
我掉进海里
才领会到了一些真理
最终
我成为我自己

你

你站在哪里

哪里就是宇宙的中心

奋力地向下挖掘吧

总有喷出水来的日子

谁说那下面是地狱

谁让这地球是圆的呢

遗　忘

甲说
我病过了吗
什么病啊
现在好了吗
谁给我治好的呀

乙说
你的确病过了
但现在也的确好了
因为你竟然忘了
据说，如果谁能遗忘
谁才是健康的呢

道 德

道德也不必正襟危坐
太严肃会让人犯困
不如轻松一点，再轻松一点
就像是茶余饭后的闲谈
太庄重会让人烦闷

像荷马的诗
伴随着愉快的曲调
来讲述一段有趣的故事
让人们在不知不觉中
接受了你的道德经
进入了你的“众妙之门”

智慧与美

不要蹲在山下
也不要站在山顶
在半山腰上停下来
就能看到最美丽的风景

不要闭着眼
也不用撕裂了眼角
半梦半醒之间
生活会变得更奇妙

雾里看花
还要水中望月
对美的欣赏和对妙的感受
都需要点智慧

神秘产生于距离
美妙又产生于神秘
艺术的创造
让丑恶也成了奇迹

跟随你自己

不要因为我
而放弃你自己
是因为你心中也有这些话
我的这些话才打动了你
被我说出来和被你说出来
并没有什么太大的不同
最好是我不说
你也别说
把这些话永远都藏在各自心里

我只是一个更喜欢唠叨的人
见到谁都喜欢说两句
很像是
住在我隔壁的那个老妇人
为了不让人讨厌
还要使用一些技艺
但也不过是把同样的话多说几遍

或者是从不同的角度入手
去阐述同一个意义
也因此很有可能把听话的人带到沟里去

你认可了自己才算真正认可了我
你跟随我不如跟随你自己

心中的蛇

我心中的蛇
要完成它的苦修
还要很多年
它吞食了许多粪土
　　——是我生命的糟粕
为了灵魂的纯净
它不得不忍饥挨饿

它饿着肚子，逶迤匍匐
在我生命的乱石与杂草中寻觅
它只好以我的废弃物为食
正所谓化腐朽为神奇
完成一次又一次的蜕化
现在，它的皮肤
又开始发痒
让它难受得很
因此，我才让自己如此赤裸

玫　瑰

我的幸福是一朵玫瑰
花朵很美，但茎上满是尖刺
你是否还要与我一起分享

我也想把幸福与你分享
但我的心有一些冷酷
那尖刺也许会把你的手指刺伤

你躲藏在石堆的后面
我知道你心中在想着什么
你是怕我让你的心受伤

其实我和你的想法一样
那些尖刺所要保护的正是我的心灵
虽然，它早已是百孔千疮

愤世与狂妄

我多喝了几杯
打破了几个坛坛罐罐
便被有些人指责为愤世
如果谁因为酒喝多了
而打破了那些条条框框
从而在一时间找到了自由
也就真应该感谢那酒了

我多喝了几杯
胡乱地说了几句
便被有些人指责为狂妄
如果谁因为酒喝多了
而将那上帝也骂了
从而在一时间找到了自我
也就真应该崇拜那酒了

自　白

我有时为人很刻薄
但也有时很温柔
我有时做事很马虎
但也有时很仔细
我的语言通俗
但想法奇异
心灵也可以一尘不染
虽然生活在泥塘里

我集傻瓜
与智者于一身
是神圣
也是鬼蜮
是上帝
也是我自己
鸽子，蛇蝎，猪猡，等等
是你能想到的一切
时常会混在一起

孩子与巨人

不要向太阳行注目礼
不要将太阳顶在脑门儿上
不要在光天化日之下做任何事
宁可去开夜车，跑夜路
宁可找个凉快的地方去休息
或者去墙壁上捉日影，像个孩子

不要站在太阳下独自思考问题
不要坐在太阳地里相互谈心
不要为日落而伤悲
也不要为日出而兴奋
宁可去黑夜里做一个梦
去梦里追逐那太阳，像个巨人

善舞者

善舞者所需要的
只是一个平面
无须太宽阔
宽阔得如同整个宇宙
也不能太狭窄
狭窄到如同人的掌心
不能太粗糙，如麻
也不必太光滑，似冰
还需要有一些热心的观众
他便可以舞到天上去了

据说宇宙本来
就只是一个膜体
据说宇宙还有一个浑圆的起点
据说如来的掌心比天还大
据说心有多大，舞台就有多大
但善舞者所需要的
只是一个不大不小的平面

或只是一个不大不小的扁平的空间
如果再有比自己更多一些的观众来捧场
他便可以舞出一个世界来了

实 话

在人与自然之间
在人与社会和人与人之间
自私是人，也是
所有生命自我保护的本能
这一块天生的整木
时常也被雕刻成爱的形象

爱是一种艺术
有恨做它的背面
只需一个转身
一个反目
恋人变成了冤家
夫妻也会变得和仇敌一样

友谊是胶合而成的器皿
是为了各自的需要而实现的合作
可以因为需要的迫切而紧密

也可以因为需要的失去而断绝
更容易被一时的利益来玷污
让曾经的崇高变成卑鄙

实话实说，没有例外

锈　迹

一把刀
也不用天天磨
带上一点儿锈迹
正是古老的证明
只要该用的时候
不要卷起刃儿来就好了

要深沉一些，含蓄一点
低声说话，夹着尾巴做人
否则
就会被认为太年轻
和我一样
连被用的机会也没有了

登到山上去

要想登到山上去
就不能思考，只管登攀
一旦想到为什么要登到山上去
和一旦登山上去怎么才能下来
和既然要下来又为什么还要登上去等
诸如此类的问题
这山也许就永远也登不上去了

但我还是要想
既然可以登到山上去
为什么不登到天上去呢
既然可以登到天上去
为什么不钻到地下去呢
既然我已经这么想了
我不下地狱又让谁下地狱呢
直想到头发都白了
我还在山脚下徘徊着

强者与弱者

强者说，我要夺取
弱者说，我只要给予
强者说，我要的是你的心
弱者说，对不起
我可以给你我的心脏
但不能给你我的心
因为我的心属于我的灵魂
强者说，我要你的灵魂
弱者说，对不起
我的灵魂属于我的另一个自己
强者说，那我就要你的另一个自己
弱者说，对不起
我的另一个自己早已经被我丢了
我正在为此痛苦着呢
如果你能帮助我把它找回来
我可以给你我的一切，在所不惜

人的心

人的心是一个或宽或窄的空间
或宽阔到可以包容整个宇宙
或狭窄到放不下一个自己

每一个人都是善与恶的集合体
但二者在他们的心中有着不同的比例
又因时空的不同而不断改变着行迹

每一次变化都要经历一场激战
战斗的结果决定其生命存在的方式
但惯性往往让其在既定的路上越走越远

于是人有了善良与邪恶之分
有时很分明，如同白天与黑夜
有时很模糊，甚至表面与实际会恰恰相反

但如果你的心中已没有善良

那就让邪恶来将它充满吧
因为那至少不会让你坠入永恒的死寂

但如果你的心中本没有邪恶
那就保留住那一点善良吧
因为那至少不会让你活得心有余悸

我讨厌十足的小人
但也讨厌那些所谓的君子
在二者之间，我成为我

虽然有时
又觉得自己
似乎什么都不是

时间的伸缩

时间的长短是因人而异的
对于努力做事的人来说时间很短
但他们的生命却可以不朽
对于无所事事的人来说时间很长
但他们的生命却在腐烂
所以后者要想尽办法来消磨那些多余的时光
说一些不切实际的大话
或弄出一些不负责任的空谈

我经常努力做事但有时也无所事事
于是时间在漫长与短暂之间伸缩
生命在伟大与渺小之间变换
有时甚至闲极无聊到极致
于是喝酒，喝酒，喝酒，喝他个天昏地暗
那一天在喝到不知道自己是谁时睡去
竟然对着天空说自己就是宇宙，就是上帝
竟然让一个原本飞在天上的女人

从天上掉到怀里来
吓得我不得不从梦中跑出来
去厕所里对着便池又吐了个地覆天翻

那些大而空的话或许比我的呓语更加大而空
男人们最喜欢说，女人们最乐意听
于是就有了许多故事被创造出来
让本来很是寂寞的世界也就随之热闹得不行
但不行归不行
又有谁能恢复它的安静
嘴里这样那样地骂着
可脚还是不知不觉地往人多的地方走
而且还要不约而同
将那本来宽宽敞敞的街道弄得水泄不通
因为人就是这样一种动物
谁离开谁也不行，谁离开谁也不成

既然如此

这人生本来就是一个大悲剧
这世界就是个苦海
到处都是痛苦
更随处都是悲哀
在此之上的那一点点幸福和快乐算的了什么呢
然而就因为这一点点
才让这世界得以维持，从过去到现在

既然如此
就让痛苦和悲哀来得更多一些吧
少量的痛苦也许会让我放弃对幸福的追求
太多的悲哀却也许会让我离快乐更近
因为它们其实都只是我自己的感觉
那些世俗的标准对于我并没有太大的意义
金钱美女，高楼大厦，并不能让我的精神不朽
也不能安慰我那被遗留在山顶上的灵魂

既然如此
就让我在恨的同时来爱吧
就让我在痛苦的同时幸福
在悲哀的同时快乐吧
或者在一时之间
我会忘记了那些痛苦和悲哀
那就让我
把这有限当做永恒来享受吧

狂　妄

站在大自然的面前
你或许会感到自己像个侏儒
但其实当你能够去面对而不是逃避大自然时
你已经从渺小向着伟大迈出一步了

你原本是大自然的一部分
是和大自然融为一体的
当你能够去面对而不是逃避大自然时
你已经从大自然中独立出来了

尤其是当你不仅从大自然中独立出来
而且还可以用自己的智慧和双手
对大自然进行改造时
你的伟大就可以和大自然等同了

尤其是当你不仅可以对大自然进行改造
而且还可以用你的精神去包容和超越大自然时

那你的伟大也就比大自然的伟大还要伟大了
虽然，这样的事是没有几个人能做到的

至于去回归，去融入，去天人合一
那都是弱者的自慰，更是人类的悲哀
只是在进一步证明着自己的渺小
这样的人，他们是根本就不配拥有未来的

掠夺与偷窃

男人掠夺了女人的同时
女人偷窃了男人
这样的事发生在男人和女人之间
也发生在社会与个人之间
还发生在自然与人类之间

自然创造了人类又掠夺了人类
正如同男人创造了女人又掠夺了女人
女人偷窃了男人的精子去生儿育女
人类偷窃了自然的规律去改造自然
去创造一个
属于自己而不是属于上帝的乐园

自　己

其实，我自己也就是你自己
只是当我有我自己的时候你未必有你自己
因此我不会做我自己的解释人
尤其是当你还没有你自己的时候
我即便向你解释也是白费力气
而且还会被你误解或嘲笑
无异于自取其辱或自欺欺人
而当你有了你自己时我的解释就更没有必要了
因为我的解释正是你对你自己的理解
我又何必那样乐于助人

正如这诗，虽然是由我写出来表达我自己的
但如果你有了自己它就也是属于你的那个自己的
你只要去读，自然会懂，于是
当你在属于你的路上行进时
我也就被你负载着向前行进了
因为那属于你的路也是属于我的
我们将一起攀登到山顶上去
那太阳也就分别被拥抱在我们各自的怀里了

悲　观

这世界
的确令人悲观
因此有悲观主义
和悲观主义者
他们抱怨
所谓万念俱灰
他们叫嚷
所谓世界末日将至
老是这样一套怪癖的想法
老是那几句重复的言词
整日地唠唠叨叨
喷着唾沫
或者哭哭啼啼
流着眼泪
他们诅咒一切
也包括他们自己
好没意思

他们让我心烦意乱

如没了头的苍蝇

他们让我焦躁不安

如热锅上的蚂蚁

他们让我吃什么都反胃

面对什么美味佳肴

都一样没有食欲

于是

我为他们开了药方

让他们迅速地

不假思索地

生吞下一只蟾蜍

据说这可以让他们快乐起来

于是他们真的笑了

有几个

甚至还笑破了肚皮

自　己

我对别人了解得很多
对自己却知之甚少
我离别人很远
离自己太近
我想离自己远一些
甚至做一回自己的敌人
从一个相反的角度看一下自己
或许才能将自己看得切真
然后，我和我的敌人
共同走向我们之间的中点
在那里我们相互拥抱在一起
或许只有我的敌人
才能让我成为一个完全的自己
才能让我弄明白我到底是谁
不至于到死也还是个混沌

台　阶

我要向上

跨过千万级台阶

我知道

每一级台阶都是一个人的肩膀

我要向上

因为我更勇敢，且更坚强

虽然，最终也许

我也要成为一级台阶

供别人踏触的肩膀

我要向上

我在想

那个最终能攀登到顶峰的人是谁呢

一不留神，我险些

从一个巨人的肩膀上滚落下来

但我依旧没有止步

因为

我已经走到了半山腰上

行　者

行行复行行
直行到路的尽头
再向前一步就是深渊
终于知道什么是危险了

想入非非
更好高骛远
最终是失魂落魄
这就是你想要的结果么

回过头来
世界是死一般的沉寂
那所有的繁华
都已经不属于你了

婴儿

一个婴儿
被一群猪猡包围
猪猡们乱叫着
仿佛要将那婴儿吃掉
婴儿蜷曲着身子
除了啼哭
不能有任何作为

但用不了多久
他就会站立起来
不但能行走，奔跑
而且还要攀登到山顶上去
他将大有作为
而那些猪猡
也只能还是一群猪猡而已

星星的哲学

每一颗星星
都首先要自转
仿佛自己才是宇宙的中心
这可以称之为利己主义
或是自我中心论

但星星们说道
如果我不是这样的利己
不是这样的自我中心
又怎么能既追随着太阳
又不被太阳的烈焰焚毁呢

对于我来说
这世界是为我而存在的
如果没了我
这世界还有什么意义呢

孤　独

我讨厌别人守在我身旁
虽然我已经病入膏肓
我希望人们离我远一些，再远一些
甚至希望人们从此把我遗忘

我像太阳一样喜爱独处
谁靠近我，我都会让他化为烟雾
我像太阳一样喜爱孤独
我愿意从生的孤独走向死的孤独

神 圣

赐福给他人
又不想让他人感受到压力
你将自己打扮成了魔鬼
披头散发如疯者
衣衫褴褛似乞儿
张牙舞爪似禽兽
横行霸道似土匪

摆出凶恶的架势
想要吃人
说着诡异的言词
如同梦呓
摆出各种姿态，唱出各种腔调
仿佛是一出戏剧
然而徒劳
你眼神里闪耀着的
依旧是那神圣的光辉

永远的囚徒

是什么让他在行进中突然停下脚步
他躲避在墙角处侧耳倾听着什么
是什么让他惊惶失措
他在他的手腕和脚颈上寻找着什么

如果你也曾经是个囚徒
如果你的手脚也曾经被镣铐禁锢
你的耳边就会永远回响着铁链的声音
虽然你已经被从监狱里放出

天马行空

我厌恶跟随也厌恶被跟随
原非凶神恶煞，怎能让别人害怕
我痛恨指使也痛恨被指使
原非过街老鼠，也不可能让人人喊打

我甚至厌恶我的影子
我甚至痛恨我的肉体，这灵魂的闷罐
我喜欢林中的鸟，海里的鱼
我愿意沉醉于一个美好的瞬间

距离起点和终点都同样遥远
也许只是一个迷人的错误
在那个世界里我像一匹天马行空
把我自己引向我内心的深处

所谓的哲学家

他们总是写
著述很多
但其实全是些胡话
仿佛不这样就不是哲学家

把一座迷宫盖
再把一口陷阱挖
将别人引进去，推下去
来看别人的笑话

只是这时他们老了
嘴巴里已经没有了牙齿
只好如老子一样出关
到沙漠里去晒干尸

冰块儿

我是北方的冬季
因此非常寒冷
我是冰的制造者
思想冷酷如冰
感情又冷漠如冰
如果出现在你面前
一定会让你感到不适应

但我的诗句
却如放在你面前的冰块儿
一小碟儿
你可以把它当成小点心
慢慢地享用
尤其是在夏季
它不仅可以为你消暑
还可以帮助你化食
你会说

有你的陪伴真爽

即便是到了天堂里

也找不到这样的好事情

那时和现在

那时
正当青春年少
写过许多诗
虽然现在都已不知去向
但那许多的“啊”和“哦”
依然在我的记忆里回响

现在
我的诗写得很少
都被我的抽屉收藏
偶尔我会听见
有什么声音从里面钻出来
“唉——”
那是一些叹息，被拉得很长

危险旅行

今晚月亮很圆
我的心情很不宁静
我要去一个地方旅行

那地方住着些蓝色的精灵
个个都是害人精
一不小心就会落入她们的陷阱

她们将你瓜分
不仅是你的肉体
也包括你的灵魂，只要你还有

她们不仅能让你丢盔卸甲
还要让你失魂落魄
让你从此忘记了自己的名姓

尽管如此

我也还是要去
像是要去进行一次探险

只是我要格外小心
虽然
我的灵魂早就不知所踪

虔 信

虔信上帝的人们说
上帝是爱我们的
因为是他创造了我们

更聪明一些的人却说
不是上帝创造了人
是人创造了上帝

那人岂不是也该爱上帝
爱他们的创造物
但为什么又要将他们的创造物毁弃掉呢

他们为什么
要让他们的上帝长着魔鬼的脚
跛行在这个世界上呢

夏日里

夏日里
当我们汗流浃背时
是否应该饱餐一顿呢
不，医生说
此时不宜进食
到了夜晚
天狼星却又眨着眼睛说
此时不宜进食
却可以畅饮

医生不知道
我们已经饥肠辘辘
天狼星不知道
肚子里空空如也
又怎好畅饮
好在我们并没有听信他们

不嫉妒

是的，他不嫉妒
你们有钱他不嫉妒
你们有权他也不嫉妒
你们或许会赞许他的气度
但他对你们的赞许也不屑一顾
他有一双鹰的眼睛
他好高骛远，高瞻远瞩
他总是抬着头看天上
看日月星辰，看云
用胡思乱想去超越世俗

如果有一天他有了钱
如果有一天他也有了权
（这假设实在是太不着边）
这一切也都不会有丝毫的改变
因为这都已经成了他的习惯
除非

那天上不再有日月星辰
不再有云
并时常会有一只什么鸟
径直地飞上那云端

真正的朋友

即便是片刻的幸福和快乐
也不能以假乱真
更别说要得到一个真正的朋友
自然要经历许多艰辛

真正的朋友是患难中的弟兄
是并肩前行的同志和枪林弹雨中的战友
如果没有
我宁愿一个人来喝闷酒

原　则

用脚尖跳舞
那是艺术家的绝技
钻牛角尖
那是思想家的偏好
但太强的原则性
却会让我的生命枯萎
对于我来说
还是自由一些更好

过街走人行横道
酒后不得驾车
除此之外
我不再想知道其它的什么

真正的荣誉

如果你想得到真正的荣誉
就要连那皇冠也看都不看一眼
尤其是那些廉价的赞扬和空头的称谓
不仅会让你离真正的荣誉越来越远
而且最终还会让你适得其反

如果你需要金钱来做事
如果那是你必须要做的事
如果那是可以使你获得幸福和快乐的事
你自然可以努力去做
但又必须适可而止

那是一个泥潭
一旦陷入就难以自拔
最好先在腰上系一根绳子
将另一头固定在什么可靠的东西上
或许才可以万无一失

除非你不再需要那真正的荣誉
愿意被淹没在那污秽的泥潭
甚至还觉得那是一个很好的去处
像是被抱在母亲的怀里
但你的灵魂将成为魔鬼的晚餐

从学生到学者

我先是一名学生
像是结在树上的一枚苹果
思考过很多问题
总想着要往地面上落
或许是分量太重
或许是心里的想法太多
过早的成熟
意味着烦恼越多

随着一阵风
我成了雨的同伙
戴上一顶帽子
于是我变成了学者
当有人说是地球吸引了我的时候
我却认为是我吸引了地球
让学术界为之大笑不止
于是我只好沉默

我来了

我来了
自认为是来得正好
适逢其时
月亮落下去了
太阳还没有升起来
或是月亮已经升起来了
太阳还没有落下去
但这只是我的自我感觉
虽然良好
却未必正确

有人说我来早了
说我本该属于未来
有人说我来晚了
说我本该属于过去
但是我既然已经来了
也就不能回去

于是也只好住下来
做一些我想做和能做的事
并美其名曰事业

比如让噩梦中的人醒来
比如让困倦的人睡去
比如让白天和黑夜来一个颠倒
比如让太阳和月亮拥抱在一起
比如让天地重归于混沌
还比如让上帝和魔鬼现身
如此等等
这或许正是我存在的意义

路　上

路上有许多疲惫的人
他们一定都在心里诅咒着太阳
他们都希望太阳快一点死掉
让他们从痛苦中获得解放
他们都在向往着天边的那棵树
因为那棵树可以遮挡住阳光
他们想去到那阴凉里坐下
或者躺下来甜美地睡上一晌

太阳终于跌落到地平线的下面去了
黑夜像一棵巨树将整个天空遮蔽
那些疲惫的人都倒下去了
他们不知道那棵巨树其实正是魔鬼的外衣
他们被笼罩在夜幕下
一如被魔鬼囚禁在牢狱
那魔鬼会将手爪直伸进他们的心灵深处
劫掠走他们生命中最宝贵的东西

落　日

太阳在众人的诅咒中
跌落到地平线的下面去了
但这并不是事情的真相
其真相是它已经变成了一种精神
升华到更高一层的境界上去了

对于它来说
过多的快乐会成为悲哀
更多的苦难又会成为幸福
它的光明最终会变成一杯满溢的美酒
流出来，直到把整个世界充满了
让我们喝——

该死的法则

一旦我接受了什么法则
它就会像一条锁链将我捆缚
久而久之
我会发现自己已被五花大绑起来
就差被押赴刑场了

那天
一块怀表挂在了我的脖颈上
立刻
日月星辰凝固了
鸡儿不啼，狗儿不吠
连树荫也不再阴凉
大自然变得一片沉寂
我也仿佛变成一具尸体了
只有那表的滴答
证明着这世界和我依旧还存在着

法则，该死的法则！

智者说

我是天空
大地的朋友
远离众生
也造福众生

时而
阳光灿烂
那是我的正面
时而
阴云密布
那是我的反面
但我始终
在你的头顶

不要靠近我
我会让你消失
融化

在空气里

最终

消失得无影无踪

女人——魔鬼

这个女人
是人呢
还是魔鬼呢
一个男人
为她丢了魂
他的魂在她手里
被攥得很紧

那个男人
在这之前聪明绝顶
现在却愚蠢到家
不是为了上帝
是为了魔鬼
不
是为了这个女人

这个女人

从前没有灵魂

现在有了

还是活的，正在呻吟

钥　匙

是钥匙
就难免会被丢失
如能有一把万能的钥匙在手
该多好
丢钥匙的人在情急之下
难免会这样想
忘记了如果谁都有这样的钥匙
锁也就没有了用场

如果上帝是万能的
如果每个人都有一个上帝在心里
那人还有什么意义
如果每一个人都成为了上帝
那上帝还有什么意义
由此看来
上帝也不过是一把
特定的钥匙而已

写　字

我不仅用手写字
也想用脚写字
我的脚或许没有手灵巧
但比手更勇敢，坚毅
它可以在田野上写
也可以在高山上，荒原上写
在我能去到的任何地方
写出我心中的理想和期冀

我或许可以将大地当作一张白纸
把整个世界当成我的居室
我的脚步将踏遍它的每一个角落
或者只是在它的地板上踏出一个圆环
正像是某颗行星的轨迹
在那圆环的中间是我的心，我的灵魂
我精神的高塔也建筑在那里
我的心是一个轴，更像一支笔
至于那些字，你该知道它后面的意义

猫枭

我虽然也回忆往事
也常常因此而陷入颓唐
但从不怀旧
也因此能从伤感中走出
我虽然也憧憬未来
也常常因此而为之兴奋异常
但从不将理想当成现实
也因此不会忘乎所以
不过是让自己
少一些他信而多一点自信而已

我常常要站到山顶上去远望
或是看着天上的星星发呆
如果有谁说我像是一只鹰隼
我却说自己更像一只猫枭
——智慧女神密涅瓦的宠儿
因为我的思想之鸟
更喜欢在夜间飞翔，而在白天睡大觉

给读者

要来读我的书
首先需要一口好牙齿
我是游牧者的后代
不懂得精耕细作
你先要能生吞活剥
还要食肉寝皮，然后
你还要有一个强健的胃
来将吞进肚里的东西碾碎，研磨
最终消化，吸收，当然
除此之外，你的直肠和肛门
也很重要，因为要排出的东西
会有很多，有的还会很坚硬
坚硬到再好的牙齿也不能
将其战胜，再强健的胃
也不能将其征服，于是只好
再将其归还给我，由我
来将其转化成
一个个更为神奇的传说

神秘主义

画自然，怎么画
最大的自然也可以凝聚成一点
最小的自然也蕴含着无限
于是只好画眼前所见
但自然又是千变万化的
于是只好画记忆中的
印象里的，于是有印象派
凡是具象的都是表面的
表面的都是肤浅的
于是有抽象派，将复杂变成简单
如此等等，都是眼睛惹的祸

有道眼睛只是心灵的窗子
既然如此，就该以心灵为起点
画出心中所想，将现实撕碎
再拼接，胡作非为，于是有现代主义
心中所想不是眼中所见

子曰随心之所欲而不逾矩

与现实生活保持一定的距离

距离产生神秘，神秘为美

于是有神秘主义

给观众留出一定的空间

也使自己的领地变得更加广阔

步韵填词

在许多人眼里
这是一件很难，至少是
很麻烦的事
但在我，却是轻而易举
先找到几个韵脚
常常是从前人的诗中信手拈来
同时也拿来相应的格式
或多或少，或长或短
我手中的木条是早就准备好的
有时，也是俯拾即是

剩下的工作就只有找到一种胶水了
这或许是一种天赋，与生俱来
它从你的灵魂深处流出
源源不断，像一汪泉水，一条小溪
一条大河，取之不尽用之不竭
是我从另一个世界带来的
是我生命中最最宝贵的财富

如 果

如果
在人间之上真有天堂
我很想
在它的门前得到一块地皮
我要将
我的诗歌种植在那里，如同一个园圃
我要让
所有进入天堂的人都从那里经过
而且
如果他们愿意就在那里住下来
在那里
只要他们有足够的品味
就可以
享受到足够的快乐和幸福
但如果
他们只想着去天堂里满足私欲
那就尽可以

对我的美意不屑一顾
只是
不要将我的美意随意地践踏
那我
可就要拉着他去上帝那里评理
让上帝
罚他去天堂里干杂务

鼻 子

执着地盯视着地面
像一个寻宝者
得势的小人
腰板很直
但心灵却是扭曲得很
大象的肠子很长
不知在肚子里
绕了多少个圈子
还需要一个硕大的胃
来消化太多的贡品

陶瓷和青铜
都是顽固不化的古董
本人都到了
又何必再写真
颐指气使时
孔眼张开得很大

打一个喷嚏

犹如一次地震

扬起的尘土

弥漫了整个世界

像是要让这个宇宙

重归太初的混沌

地狱的景象

要描写
地狱的景象
太容易
只是胡涂乱抹
就可以
如果嫌笔管太小
就用瓢来泼
让你的文字如洪水
滔天
把整个世界淹没
江河横溢
人或为鱼鳖
自己为自己叫好
老子天下第一
只是这所谓的
宏文巨著
除了你自己
便再没有了读者

远离赞扬

勇于向上的人
会受到太多的赞扬
但赞扬
又往往会成为
他继续向上的阻力
或者会拉住他的衣角
将他拖回到低处去
或许还是阴沟，是陷阱
让他前功尽弃

远离了赞扬
才有可能继续向上
权且把那些批评
当做是对你的赞扬
但是你必须坚定
把握好方向
否则你还是会摔下来
空努力一场

皮浪主义者的窘境

年过半百而一事无成
他的心随着表针的移动而战栗
但他仍在徘徊，不肯前行
一步，他在寻找
一些原本不存在的东西

他怀疑别人也怀疑自己
怀疑自己的见闻也怀疑自己的思虑
他不敢做出任何决定
也因此而没有任何行动
他有太多的为什么，太多的也未必

有时候是先来一个也未必后来一个为什么
也有时候是先来一个为什么后来一个也未必
但更多的时候是将这两者和成了一摊泥
因为他既不信天也不信地
甚至他对自己的不信也还是要持表怀疑

我是火焰

是的
这就是我
思想如冰，感情似火
思想的坚冰
往往会被感情的烈火溶化
然后在燃烧中消耗自己
也熔炼自己
使自己变成我
一个，这个

把抓住的一切都化作光辉
照亮他人
让放弃的一切都变成煤
以备来日
是的，归根结底
我都是那火。而我的灵魂
将被我的火焰
熔炼成天上的太阳
也还是，那火

星的宿命

命中注定
我要成为天上的一颗星
太阳，月亮，或随便的那一个
即便连名字也没有
即便被黑暗团团围着不得自在
也要放出
璀璨的光来

或者只是一颗行星
一面被太阳照耀，反射太阳的光辉
一面隐藏在黑暗里，无所作为
但永远沿着自己的轨迹运转
绝不改变自己而成为他
也无论他是谁

幸福地穿越时间，空间
与岁月的苦难远离

让怜悯成为罪孽
让被同情成为耻辱
以此来坚守自己灵魂的纯洁

命中注定
我要成为天上的一颗星

诗　人

——致歌德

所谓的抒情
都是娇柔造作
所谓的议论
尽是强词夺理
所谓格律
只是个圈套
所谓缪斯
更是个骗局

生活是一辆车子
拉着我们走向墓地
有的人在诅咒
更多的人在哭泣
诗人只是少数的几个
嘴角瞥向一边说
人都是上帝的玩偶
生活只是个游戏

这游戏略显粗暴
因为魔鬼也参与其中
谁也别想逃脱
这场昏黑的噩梦
诗人是个丑角
只好来不时地跳梁
想冒出几个泡来
虽然这世界
已然是一锅浑汤

你是个诗人

那一天
我坐在树荫下乘凉
突然听见有个声音在问我
你是谁，你是谁
我看了看，又找了找
发现是一只啄木鸟
便把肩头耸了耸
我嘛，是一个诗人
也算是给自己解了个嘲

那时候
我的诗兴也正高
韵脚一个个往外蹦
这样的状态
维持了大概有两刻钟
我为我自己惊喜
我更为我自己震惊

我怀疑自己是成了神
要不然就是得了什么病
不是的，先生，你是个诗人
啄木鸟把肩头耸了耸

我觉得自己像是个强盗
躲在树林里随时要将谁拦截
一个韵脚，一个音节
都是我成功的机会
我要将它们制服，捆缚
尽数收尽囊中
我怀疑自己是成了神
要不然就是得了什么病
不是的，先生，你是个诗人
啄木鸟把肩头耸了耸

我觉得自己的灵感似箭
射中的往往是一些娇小的身躯
每当射中了它们的要害
就要看着它们挣扎，挣扎，直到死去
本来是鲜活的生命
却被我变成了僵尸，很有可能
对于它们，这是多么不幸
不是的，先生，你是个诗人

啄木鸟把肩头耸了耸

那些词语先前是多么拥挤
如同砖瓦的堆砌
那些句子先前是歪歪扭扭
如同颓垣断壁
难道是我在点铁成金
难道是我在化腐朽为神奇
我怀疑我是成了神
要不然也是得了什么病
不是的，先生，你是个诗人
啄木鸟把肩头耸了耸

啊，鸟儿，我只是开个玩笑
你怎么就当了真
我现在已然是手忙脚乱
做一个诗人，哪有你想得那么简单
可我的嘴里是这样说着
心里却已经在为自己编织着花冠
我怀疑自己是成了神
要不然就是得了什么病
不是的，先生，你是个诗人
啄木鸟把肩头耸了耸

虔诚的贝帕

我是虔诚的贝帕
只是模样长得俊
所以要去做教徒
上帝也爱俊女人

不仅模样长得俊
还要学会装可怜
最好眼里含着泪
上帝最是心肠软

那个白发的神父
长着贼眉与鼠眼
那个黑发的执事
满怀妒火与情焰

谁爱村妇酒糟鼻
谁爱老妇蛤蟆眼

上帝心中自有数
神机妙算不必言

要论虔诚不虔诚
先要看看你脸蛋
贝帕脸蛋长得好
谁不对咱另眼看

礼拜祈祷是幌子
忏悔才好行方便
新罪赶着旧罪跑
娼妇天使可两兼

上帝尤其爱少女
十七八九二十三
昨天愁眉又苦脸
今天却又飘飘然

趁着年轻赶快玩
肉体灵魂两相欢
一旦年老色衰后
魔鬼也是干瞪眼

昨 夜

昨夜，万籁俱静
或许，只有一丝风
带着莫名其妙的叹息掠过
我的窗前，我终于
彻底打消了睡觉的念头
舍弃了头下的枕头
和那几粒催人入眠的罂粟
疾步奔向了海滩

月光皎洁如洗
照在一片沙洲上
我看见了一个渔人和一只船
那个渔人躺在甲板上睡着
那船被海浪摇晃着
像是在慢慢地离开海岸

我坐在岸边的礁石上

过去了一个钟点
又过去了一个钟点
眼睛只是闭上了又睁开
那海也就变成了一个无底的深渊
逃走么，不愿，跳下去，不敢
我只好又闭上了眼睛，想这不过是梦幻

终于，天亮了起来
我又将眼睛睁开
四周静悄悄的，只有海和我
还有那只船，但那个渔人到哪里去了呢
远处似乎传来一声呼唤
把我又一次按倒在了床上
是谁，终于让我吞下了那几粒罂粟
向着更深的深处睡去
在一瞬之间
便进入了那个无底的深渊

爱　情

啊，奇迹
人仿佛是在飞行
并不是靠翅膀
是什么将他托向高空

谁说他
只是在随风飘荡
一支脱弓之箭
也有着自己的方向

什么是爱情呢
我来告诉你
是永恒的冲动
再加上几句甜言蜜语

牧羊人的歌

我躺在这里
已经奄奄一息
可那边
依旧灯红酒绿

我已然
是一具死尸
臭虫和跳蚤
还要把我袭击

她答应会来
见我最后一面
我从去年
一直等到今天

也许她水性杨花
早把我遗忘

也许她见谁爱谁
就像那只母羊

羊群里公羊有的是
个个身强力壮
可去年的这个时候
我也是一样强壮

是你使我变成了
现在这样瘦弱
茶不想，饭也不思
早就生不如死

月亮沉了海
星星闹翻了天
我却想
就此长眠

飘忽的幽灵

那些飘忽的幽灵
已让我深深地感到厌恶
它们要利用我去达到自己的目的
那些所谓的荣誉给我带来的只是耻辱

我从不曾给他们以承诺
更不曾向他们祈求
因此，他们对我挥舞着手中的刀子
像是要割断我的咽喉

但我还是要说，与其
用它们来装点我低矮的门楣
还不如让他们变成蝙蝠，去到
黄昏的天空中乱飞

城市的墙壁

我随意画了些什么在这座城市的墙壁上
以为这样是为这座城市化了妆

可他们却说这涂鸦式的艺术有损市容
要罚我将那墙壁洗刷得一干二净

那好吧，我就接受这惩罚
还你这世界一个干净

可他们却要我再写几个字在那墙上面
请尊贵的市民们不要随处大小便

诗人的自慰

在你的唇齿之间
那个吝啬又贪婪的时间女妖
嘀嗒着一个又一个钟点
你只好来诅咒自己喉咙的狭窄
不能让诗之洪流
如瀑布一样直落九天

这世界本是一块顽石
你说的话有谁能懂
你病了，正被病魔缠身
快吞下所有的罂粟
为的是
止住那风一般的疼痛

来，让她的手直伸进你大脑
去按摩一下你的症结
但报酬是要支付的

这个时间女妖
和街边上的那些流萤相比
并没有太大的区别

拿去吧，这是我所有的积蓄
瞧这些金属，它们比往常更加坚硬
如果它们能带给我们幸福
我们就应该将它们奉若神明
唉，但愿我的病
还没有让我彻底发疯

门窗在风中奋然地开合
雨点如麻，已将我的床头淋湿
我是个诗人，此刻，如果
找不到更多相应的词语
我将熬不过今夜，我发誓
我的生命，是我最后一笔赌资

在威尼斯

中午，人们在昼寝
在圣马可广场，我，独自一人
尽情放飞着自己的歌
一如放飞那鸽群
那些韵脚，被我从记忆中寻找出来
又被带给了蓝天和白云
啊，我是多么幸运，多么幸运

那蓝天像宝石，白云像棉絮
我的歌如同一串串珍珠
在阳光的照耀下飞翔
有的飞得不知去向
有的落下来又被我接住
没过多一会儿，又被我抛出
啊，我是多么幸福，多么幸福

钟楼把它的尖顶刺向天空

没有丝毫的犹豫
那报时的钟声却是低沉得如同哀诉
像是留恋着曾经的过去
我的心便在这两者之间徜徉
生命终于在这之间找到了自己的依据
啊，我是多么惬意，多么惬意

黄昏当然只是一时的灿烂
但月亮又升起来，更不用说
还有无数的星星在对着你眨眼
还有音乐，还有美酒
还有玫瑰花散落着那迷人的花瓣
让我觉得自己仿佛是生活在梦里面
啊，我是多么喜欢，多么喜欢

永　恒

只有海，永远向我敞开着大门
于是，我打算要在有生之年将它游遍
终于，我的船来到了一片最荒凉的海域
连那些海鸟也早已逃出了我的视线

此时，只有一双眼睛还在凝视着我
它的光芒既穿透了海水也穿透了天空
我绞尽了脑汁想为它起个新名字
但最后还是沿用了那个老的，啊，永恒

在西尔斯·玛丽亚

在那里，我等着，却又不知是在等着什么
像是坐在善与恶的分界线上
一会儿与光明亲吻，一会儿又与阴暗拥抱
一切都是逢场作戏，也就无须思量

突然，她来了
谁能不为之惊异
她是查拉图斯特拉
一个超出了善恶之外的神奇

致地中海北风

地中海的北风啊
你这咆哮者
我最喜欢你那癫狂的样子
你该是乌云的猎手
忧郁的刺客
我真想和你成为一对好兄弟
并与你相处朝夕

有时，我是在睡梦中
听到了你的呼唤
我便会立刻起身登上
那座耸立在海边上的高岩
看着你，像一只猛兽
跨越一座座山峰，穿越一道道山谷
刹那间吹向波涛汹涌的海面
我会为了你的到来而欢呼，叫嚷
把你已经到来的消息告知给这愚钝的人寰

让喜爱你的人欢欣鼓舞
更要让害怕你的人心惊胆战

当你从海面上横扫而过
我想象你是一个真正的骑士
有时看见你骑着骏马驰骋
有时看见你驾驶着战车疾驶
高高地举起手臂
挥舞着一根长长的鞭子
半空里随之闪过一道强光
紧跟着又滚过几声霹雳
我看见你仿佛是个马戏团的演员
转瞬之间翻身上马
又在转瞬之间翻身落地
仿佛一支箭被射向了远方
犹如一团火焰在顷刻间蔓延至天际

但我更觉得你是在舞蹈
在波峰与浪谷之间
用一千种姿态
创造出一千种曲调
在这一千种姿态和曲调之间不断转换
啊，舞蹈者
舞蹈于上帝与众生之间

在横扫海面的同时也将大地席卷

我要从每一种花木上取来一片花瓣
编织成一个美丽的花环献给你
啊，地中海的北风
我真想和你成为一对好兄弟
并与你相处朝夕

致忧郁女神

别责怪我吧，我的忧郁女神
当我要用手中的笔来把你颂扬
我是满怀着孤独与寂寞
坐在这一段枯槁的树干上
就在今天早晨，你或许还看到了
我是躺倒在草丛里，而兀鹰们
正相互呼唤着向我这里飞来
因为它们似乎预测到了
这里有一个人正在走向死亡

可令那些兀鹰们没有想到的是
我的身体虽然像个木乃伊横陈在草丛中
但我的眼睛还睁着，而且还在
不停地转动着，感受着太阳带来的光明
我也因此不仅没有被它们撕碎
而是重新站了起来，凝神于天边的云霞
把更深沉的情感在我的内心深处酝酿

我知道你会来，且不会让我久等

我曾经蜷曲着身子
像是一个被捆缚起来的家畜
我是在就要被用作牺牲之前想起了你
啊，忧郁女神，不要责怪我先前的踌躇
终于，那些兀鹰们飞走了，而你来了
你的足音伴随着雷鸣，如同战鼓
从你身上我感到了一种真正的庄严
让我不得不为了你振臂高呼

啊，忧郁女神，我坚强的女友
或许这一切都是你特意的设计，你
把我带到这地狱的边上，是为了
向我展示出你对我的那一份特别的情意
你让我从兀鹰们的爪痕上读出了存在的意义
啊，忧郁女神，你胜利了
你的魅力让我无法抗拒，我只好
俯首帖耳，一生一世都来做你的奴隶

啊，不要责怪我，我的最亲爱的人
我将用我的这支笔为你歌唱
歌唱你不容侵犯的庄严和不可抗拒的魅力
歌唱你冷若冰霜的面目和菩萨般的心肠

像一朵花开放在深深的岩缝里
有一只蝴蝶飞过，那该是它唯一的希望
啊，忧郁女神，如果你不来
我也将一直在这里等候，直到我真的死去
而不是再一次，将那些兀鹰们欺诳

午　夜

午夜，那忧郁女神的脸孔
像面具一样悬挂在我的窗外
在暴风雨停息之后
雪花又开始在她的身后乱飞

啊，那刚刚停息了的风雨
是不是哪个邪恶的女巫
正在浇灌生命的秧苗
往死亡的浆汁里添加着毒素

还是你举起了正义之剑
斩断了那女巫的细腰
那一声声夹带着闪电的霹雳
该是那妖人的惊呼与悲号

但你为什么又要来到我的窗前
用你的剑柄叩击我的窗棂

还要让我跪倒在你面前
把我指斥为一条即将腐烂的蛆虫

你说，你是伟大的永生的亚玛逊女神
绝不怯懦，永不驯顺，从不知道什么叫怜悯
你说，你是有着满腔仇恨的战士
要为这个世界找回已经失去了很久的本真

啊，女神，既然你已经来到了我的窗前
就请你再一次举起那正义之剑
如果我真是那样的一条蛆虫，那好吧
就请你在我腐烂之前，也立刻把我拦腰斩断

友谊颂

啊，友谊女神
请来做客
和我们一起
共唱这友谊之歌
哪里有
真诚的友谊
哪里才有
真正的快乐
让这快乐
永远陪伴着你我

早晨，我们去海滩上
迎接火红的朝日
中午，我们去树林里
享受舒适的阴凉
黄昏，我们到山顶上去
送走灿烂的晚霞

夜晚，我们燃起一堆篝火
所有人欢聚一堂

啊，友谊之神
请来做客
让我们一起
共唱友谊之歌
让青春永在
友谊长存
这才是我们
想要得到的生活

赶路者

一个人在彻夜赶路
没有丝毫的犹豫和踌躇
仿佛前面有什么人在等他
等着他去帮助或救赎
他走上了那绵亘的高原
又走进了幽深的山谷
谁知道他到底要到哪里去
也不知前面还有没有路

一只鸟在不眠地唱歌
让赶路者有点不可理解
他停下脚步来问道
鸟，你是不是中了什么邪
我正走着我自己的路
你却让我不得不关注你的存在
难道你是要让我带你一起走
去给你寻找一个未来

鸟停止了歌唱
对赶路者大声发言
你只管走你的路
我唱与不唱与你何干
你如果想奔向未来
谁又能把你阻拦
我却想回归到过去
或者就在这现在盘桓

赶路人只好继续赶路
好在那前面的路还没有断绝
那鸟更加奋力地歌唱
直唱到嘴角流出了鲜血……

梦游的男孩儿

在一条河流的边上
一个男孩儿
发着烧
睁着困倦的眼睛
迈着疲惫的步子，在梦游
他一边急促地呼吸，一边大声地咳嗽
一边又喃喃地自言自语
人们跟在他的身后
渐渐拉开了距离
瀑布从悬崖上垂下
犹如一根玉带
男孩儿把手伸了过去
又立刻缩了回来
冷杉未必冷酷
但看上去有些古怪
男孩扶住它站立了一会儿
却终于又把它推开

终于

男孩儿走到一块

形似骷髅的岩石面前

像是抱紧了岩石

然后便在那岩石上狂吻起来

直到筋疲力尽地倒下

这时，他说出的谵语是

我的问候就是道别

到来就是逝去

我虽然年轻却已经老迈

死亡是为了更长久的存在

秋天来了

秋天到了
快逃，快逃
秃了
山上的树
枯了
地上的草
小溪里的水
也流断了
剩下的除了忧伤
就是寂寥

秋天来了
快逃，快逃
在绷紧的琴弦上
是谁
在弹奏着一支
悲戚的歌调
最后的几粒果实

也已经从枝头落下
快乐都没了
哪里还有欢笑

秋天来了
快逃，快逃
正午过后
太阳也黯淡了光照
黄昏虽然灿烂
不过是回光返照
黑夜即将来临
星星在天边闪耀
但今晚的月亮虽圆
却会是一个圈套

秋天来了
快逃，快逃
还有那些花朵
算得上是月亮的同谋
永远结不出果实
却要把你神魂颠倒
然后，再然后
你也就永远
别想再从
这个世界里逃掉

斯塔格里诺广场所见

在意大利热那亚城的斯塔格里诺广场
我看到一个少女在默默地哭泣
她抱着一只小羊羔，一边哭泣着
一边将小羊羔身上的毛儿梳理
她长得非常美丽，美丽得简直让我着迷
不知是谁伤了她的心
让泪水沾湿了她的花衣

啊，美丽的少女，请你不要再哭泣
我想看看你的笑脸，那朵盛开的蔷薇
我想看一看你的眸子，那两颗天上的星辰
快把你的眼泪擦干，并把你的项链重新带起
如果是谁伤了你的心，你千万不要在意
这世界上不知还有多少人
要把你当成他们的宝贝来珍惜

天使号双桅船

人人叫我小天使
其实是个小姑娘
驾起一只双桅船
行在爱情之海上

现在是个小姑娘
早晚长成大姑娘
嫁给我的情哥哥
南北东西走四方

瑙西卡之歌

我是先有了个想法
然后才投注些感情
你们到处投注情感
思想却是杳无踪影

这是男女间的区别
谁也无法将其改变
女人只要动了脑筋
就会变得令人讨厌

昨天我还青春年少
今天却已老态龙钟
昨天我还信誓旦旦
今天却是满面愁容

但正是在此过程中
我才有了一点意义
那些娘们儿很可爱
但男人们却更神奇

我爱你墓碑

我爱你，墓碑
虽然你上面经常会刻满了谎话
虽然我曾经用我这张臭嘴
将它们随意地鞭挞
而现在，我站在这里
也并不想为我先前的行为忏悔
因为这里面住着的不是别人
而是那个最令我痴迷的
我的最最亲爱的她

于是，一切就都有了变化
那墓碑已经不再是一块碑石
因为我在那碑石中
非常真切地看到了她的身影
我竟然搂住了那碑石
将它热烈地亲吻
至少还得承认
我竟然还从头到尾吻了一遍
那篇算得上是又臭又长的碑铭

友　谊

啊，友谊
神圣的友谊
你该是我
与这世界去交往时
遇到的
第一缕晨曦
于是
我满怀着希望
向着我的目标走去

虽然
那路边上没有鲜花
那路面上又布满了荆棘
我的人生
也越发变得荒谬
甚至被有些人指为垃圾
但我还是愿意再一次张开双臂

再一次去把你拥抱
或让你把我
抱在你温煦的怀里

理想的虫草

你是一粒草籽
我将你吞入肚腹
然后去冬眠
我的梦境因此而甜美了许多

然而春天来了
你在我的肚腹里发芽，成长
甚至钻出我的喉咙去拥抱阳光
让我成了你的躯壳

我爱谁能像爱你那样强烈
我把你含在嘴巴里，吞进肚腹里
藏在心窝里，熬过漫长的冬季
我爱谁能像爱你那样执着

啊，迷人的幻象，请你记住

你所得到的还只是我的这一个

我的另一个是在我的这一个之外的

而且，那该是一个更美丽的我

我

我因为成为了自己而孤独且伟大
像一棵松树生长在高山顶
我整日地言说，甚至大声地喊叫
一次又一次撕破了喉咙，却听不到回应

于是只好等待着霹雳和闪电
我或许会被劈成两半以告别单身
也或许被拦腰斩断，使我再不能直立
永远像一个懦弱的小人

也或许我会被击碎成粉末，那样倒也好
我将成为烟尘弥漫整个世界
我或许会燃烧成烈火一团，那样最好
我或许会让谁发现，盗走到天上去辟邪

我或许会将黑暗的天国照得通明

秋　树

我像是一棵秋天的树
枝杈上挂满了成熟的果实
每颗果实都是一个梦想
我陶醉在幸福的梦里

突然来了一群讨厌鬼
仿佛对我有有什么意见
不知是因为嫉妒还是仇恨
将我的幸福变成了苦难

他们疯狂地摇晃我的枝干
倒反而让我理清了自己的思路
我知道了他们心中所愿
便把果实砸向他们的头颅

其实那对我也没什么不好

减轻了我许多的负担

但愿他们把我的内核也吃掉

没有了未来，现在或许会更美满

我不会死

那边立着绞刑架，这边系挂着绳索
中间站着个刽子手，长着满脸的红胡子
围观的人占成了一个半圆
个个的眼里都闪耀着兴奋的光
等着那最后时刻的来临
死吗，不，我不会死
这样的事对于我们是家常便饭
至少再过三十年老子又是一条好汉

你们这些靠着别人的施舍度日的乞丐
你们这些出卖了自己的灵魂
来为他人卖命的走狗
你们早晚会明白我是为了什么而受苦
你们早晚会为了自己的行为而愧疚
死吗，不，我不会死
这样的事对于我们是家常便饭
顶多再过三十年老子又是一条好汉

新哥伦布

不要再相信过去而要去相信未来
哥伦布一边对他的女友说着话
一边凝望着海天之间的那道界线
似乎越是遥远的地方才越是让他迷恋

或者，越是陌生的地方对于他来说才更珍贵
热那亚已经沉没了，消失了，那么
我们现在要想的是那将要来到的是什么
是一个岛屿，一片大陆，或是，一个王国

但无论怎样，我们都仍将屹立
都仍将义无反顾地前行
并将占有我们所遇到的一切
哪怕最终在那里等待着我们的是彻底的毁灭

幸　福

幸福隐藏在我们心里
是最美的猎物
那是一片茂密的森林
很容易迷失了路途
那是一匹机智的怪兽
最善于逃脱猎人的追捕
有时留下几个足印
给你几分成功的希望
让你不忍心去打道回府

有时闪过一道光影
让你觉得胜利唾手可得
有时你觉得已然在手
张开手却一无所获
为了这该死的家伙
我们耽误了太多的快乐

对幸福的追逐即是对人生的背叛
所谓的永恒
只是被延展开的瞬间和片刻

早　晨

雷
在天边低吼
雨
在窗外滴答
学究们又在喋喋不休
谁又能堵住他们的嘴巴
倒不如雷在头顶炸开
洪水冲开堤坝
让他们去做神仙
我好清静一下

白昼刚刚来临
就有祷告声四起
神父们的说教
听得让人喘不过气
还不如末日到来

让上帝只将我抛弃

让他们都去天堂

只有我去地狱

黄 昏

白昼去了
正午已成为记忆
快乐已变成了悲伤

光明去了
黄昏只是一时的灿烂
幸福更让人凄惶

独自一人
走向黄昏后的夜晚
走向星月和风霜

还好
树上残留的几粒果实
依旧散发着芬芳

或许这是我的灵魂
展示给我的，最甜蜜的思想

误　解

冬天来了
鸟儿们向城镇飞去
他却从城镇中逃出来
逃到荒野上去
如同一条丧家的犬

逃离了城镇
逃离了家
远离了温暖
远离了幸福和快乐
只为了证明自己的孤单

已然失去的
他不想拿回来
未失去的
也可以抛弃
他并没有走得太远

下雪了

在雪地里

他是一个小小的污点

人们对他的误解

反而让他留恋

书

生活
是一本书
其中有许多毒素
要学会笑
要乐观
不要悲观
至少
不要太认真
只当
它是一个故事
一场游戏
一场梦
否则
魔鬼就会伸出手来
抓住你
带你
到最黑暗的地方去
永远也不能回来

神　经

我们的神经
像一棵树
树与树组成森林
它们的生长
并不由我们掌控
而取决于
周围的环境
和它们的本能
近朱者赤
近墨者黑
在不知不觉中
改变了我们的模样
性相近
习却相远
也许是我们
最不喜欢
最厌恶的那一种

犬　儒

国王
坐在他的宝座上
宝座下
堆积着黄金
我坐在
自己的尾骨上
尾骨下
是草席半片
但是
我不相信
他会比我更快乐
至于幸福
他或许
离得比我更遥远

请您承让
不要遮挡住
那缕属于我的阳光

定 律

一条虫
要变成龙
要完成一个过程

从必然到自由
从肉体到灵魂
从魔鬼到神明

由浅入深
由低到高
然后俯视

然后有自尊
有爱，成为自己
但也，不过如此

高尚的灵魂

我不是不喜欢有钱人
只是不喜欢他们总是满嘴喷粪

我也不是非要视金钱如粪土
只是有钱人往往比粪土都不如

他们随地吐痰随地大小便
将挺好的一个世界弄得污秽不堪

当他们将嘴巴噘起，你要赶紧离开
以防他们将粪便拉进你的口袋

我宁愿穷困潦倒像鸟儿住在树上
我宁愿做飞禽走兽到处去流浪

一切的德行，善行，教养，我都诅咒

只要是他们还散发着铜臭

高尚的灵魂不能为虎作伥，更不能做狗
去舔他们生在腚沟里的脓疮

包　装

好手艺需要好包装
好的包装就是蜜语甜言
再加一些水分有一点夸张
不好的产品也能卖出好价钱

如果只是贵一点也没啥
正好满足了有钱人的心理
最可怕的是差了许多又便宜了些许
倒霉的往往还是没钱的你

两片嘴唇加上一片舌头
信口雌黄想怎么说就怎么说
最可恨的是那一支笔
只听见它说却听不见它咳嗽

语言文字加上卑鄙的人性
可以创造出弥天大谎

好在人们除了耳朵还有眼睛
除了情感还有思想

否则这世界就真成了骗子的天下
万能的上帝正是他们的大当家

我的书

图书馆像一个墓室
黑得几乎伸手不见五指
每一部书都是棺材
脏兮兮的殓布包裹着臭烘烘的死尸

我的书并陈于其间是个错误
因为它包裹着的是一个活的存在
它是我为活着的人写的
因此既不属于过去也不属于未来

所以它一定会从书架上自己跳下来
跳到每一个活着的喜爱它的人面前去
告诉他们人是走在鱼脊上的生命
只有在现实中才能找到人生的真谛

过去和未来都是苦难的深渊

只有现实中才有快乐

及时行乐是生活永恒的主题

幸福又只能是快乐的总和

星　云

那一声巨响
来自宇宙的深处
将宇宙炸成了碎片
于是有了银河
有了日月与星辰
有了我
而我就是那碎片

那巨响
来自于我的灵魂
是沉默了太久的结果
我还是那天上的云
在永恒的空间里漂泊
我在寻找着
与我相反的物质
希望不会总是与它擦肩而过
要与它相拥，相撞

由此获得另一个自我

或许

正是因为我的追寻

那太空中

才有了一团又一团

美丽的星云

皇帝的新衣

是上帝的放纵
让玛利亚未婚而孕
女娲娘抟土造人
隐藏了伏羲的乱伦
都是一个天真的约定
在西方成就了圣经
在东方却只是些神话
把愚蠢的人蒙在了鼓里
让聪明的人笑掉大牙

这正如皇帝的新衣
也难为了那两个骗子
堂堂的一国之君
竟然也不过就那几样物事
明摆着是在自欺欺人
却还要招摇过市
可见越有钱人就越糊涂
权力越大人就越无耻

人还是动物

脱去紧身的衣裤
像解去生命的桎梏
裸体，上床
放纵一下自己的情感
然后做一个好梦
哪怕醒来后并不记得什么

太周密的计划
和太精确的计算
以及太娴熟的技巧
都没什么用
正如一个书生
不知道耕耘播种

人虽然直立行走
但还是动物

甚至还是禽兽

尤其是在其啃着烧鸡

或在干着那种事情的时候

邪恶的沙文

只有德意志
意大利
还有日本
太阳升起的地方
是神圣的国土

只有大和民族
才是最优秀的人种
所以要
大东亚共荣
实现王道乐土

孩子
是自己的好看
老婆
是别人的漂亮
于是打，打，打

杀，杀，杀
打着文明的旗号
干着土匪，强盗的勾当

国家，民族
人民
都是他们的借口
满嘴仁义道德
一肚子的男盗女娼

这些
邪恶的沙文
全都是
文明的蛮子
无异于
吃人的豺狼

德　国

德国

有着太多的美德

尤其是那些所谓的君子

更是卓越得无法言说

个个的口袋都装得满满

个个都有所谓的淑女陪着

白天里对下级颐指气使

或对上级唯唯诺诺

到了晚上

各有各的去处

今天这里

明天又到了那里

灯红酒绿

映照着笑语欢歌

其中还有更多的秘密

你不说，我也不说

德国

伪君子的国度

德国

贪官污吏的老窝

但我仍然爱你

像是爱我的爹娘

只是他们早已死了

我将以最快的

速度

向着离你

更远的地方漂泊

德国

我不属于你

你也不属于我

畸　形

这是一个畸形的世界
每个人都驼着背
将头颅藏进了裤裆
把阴茎插入口腔
把鼻孔对着肛门
或用睾丸塞住鼻孔
以此形成循环
再不问什么其他的事

所谓的深刻与浅薄
并没有太大区别
中国人的中庸
也没能恰到好处
于是有日本人的自慰
虽然那只是一时的权宜
美国人的同性恋
也并不是什么新鲜的玩意儿

进化论

人是猴子变的么
但为什么
我
愚蠢时像猪猡
聪明时像狗
工作起来像马牛
吃进去的是草
挤出来的是奶水
发起怒来像睡醒的狮子

人是劳动创造的么
为什么
那些所谓的君子们
一天到晚
什么都不干
却能天天都有肉吃
而我们

只能靠着“坎坎伐檀”
来指桑骂槐
去自虐中寻找快乐

看来达尔文和马克思
都比不上歌德
为了个女人
平添了许多烦恼
也因此而不再去追问
人
是从哪里来
还要向那里去
一时间，轻松了许多

隐　居

居住在山与山之间的夹缝里
能去向多深就去向
多深，像一条蛇
缓缓地爬向地心深处
去寻找
偶然之后的必然

与天合一
或成为其一部分
以此获得相对的自由
直到将生命
变成一张侧影
将所有瞬间都变成永久

没有姓名，又何必姓氏
那一线蓝色的游丝
如何能够拦截住西行的太阳

那只不死之鸟
九个脑袋加上一道流血的伤口
又要将灾祸带向何方

潜伏在自己的内心深处
永远飞翔在昨夜的
梦里，从最高处跳下
向更深处坠落，坠落……
直到忘记了来处
即便想回头
却已经太晚了

关于灵魂

如果真的有灵魂存在
那人生就是养育灵魂的过程
每一个人一出生就成了个罐子
罐子里游动着的是一条小鱼
那正是被造化注入的一粒神奇的种子
或谓之魂灵

种子和种子之间或许并没有大区别
罐子的大小和水的质量却有些许的差异
尤其是伴随着人生的过程还会遇到很多问题
比如除了供给其食物还要培养其精神
稍不留神就会将其牵引到邪路上去
让你追悔不及

也或许那种子与种子之间
先天就在本质上有着太大的出入
人的肉体不过是它们的宿主

人生的结束也就意味着它们的成熟落地
所以它们会如同解放一般立刻逃走
不会有一丝一毫的踌躇

学问与低头

只要是学问
就都是智慧的结晶
永远都不会过时
也不可能凋零

可以继承
也可以批判
通过批判他人阐述自己
但智慧之花常鲜

这更与人的膝关节无关
偶尔地跪拜，适当的弯曲
所谓的能屈能伸
也无损于矗立

否则，不仅不能实现理想

连性命也难保

更别提学问

智慧也变成了枯草

镣铐之舞

为了控制住自己的灵魂
你自觉地戴上了镣铐
带着镣铐跳舞
还要舞出百态千姿
真难为了你的手和脚
其实，即便是五花大绑
也还是要留下口鼻来呼吸
即便再有个三长两短
困死的也只是肉体

两片嘴唇加上两排牙齿
且除了比喻还有象征
何必滔滔不绝，自可以三言两语
言虽然有尽而意却可以无穷
自由终归会找到出路
即便被监禁在牢笼
要想进入一个更广阔的世界
就必须钻出那个门缝

想象快乐

凡是我能想到的
都是存在
凡是我能感受到的
都是我的财产
耳听为虚
眼见也未必为实
即便你有一双鹰眼
可以远瞩高瞻
比起想象
也还是相差得太远

超越时间，空间
向着宇宙之外的宇宙挺进
去到未来和过去
或者将二者颠倒，再颠倒
让所有死去的人都复活
来分享我们的欣欢

自己的脑袋

盘古开天辟地
那是创造
女娲补天造人
也是个说法
至于思想
那是一些植物
长在有的人心里
是一些杂草
长在有的人心里
却能成为森林
拥有而不被拥有
做主人而不是做奴隶
只有思想
能伴你直到永远

不是产品
没必要制造

没有市场
更无须买卖
勇于进取的人
自然会
标新立异
生性懒惰的人
竟然会
抱残守缺
能孤芳自赏
是一种很高的境界
敝帚自珍
也是不错的感觉
只要你肩上扛着的
是你
自己的脑袋

谎　言

善于创造的人也善于破坏
天地被开辟，也像建筑一座房子
是因为一时的高兴
还是为了一时的愤怒
我们是人，自然不得而知
然后有女娲来补天造人
将自己变为石女
虽然是神话与传说
也仍然是历史

现在或许也没有怎样的不同
谎言被戳穿了
正在等待着什么人来重新编织

盗　贼

盗贼，你来
我这里除了一些胡思乱想
什么也没有
而且他们都纠缠在我的头脑里
你要拿走
正好麻烦你
帮助我将它们梳理梳理

其中有几个死结
恐怕谁来了都没办法
你不如来个快刀斩乱麻
咔嚓，从这里劈开
或从那里切下
魔鬼自会给你些赏钱
足够你一个晚上的潇洒

我的脖颈上会留下一块碗大的疤
但愿那疤的美丽比得上一朵牡丹花

灵 魂

你的灵魂
就是你天生的孩子
有时让你喜悦
有时也会让你烦恼
有时依偎在你的怀里
像只懦弱的羔羊
有时跑到你的视线以外去
让你为它担心受怕
有时突然出现在你面前
像野兽，像魔鬼，要吃了你
或让你做它的奴仆
真是反了天了

用思想做鞭子
你要经常抽打它
告诉它
它要想获得自由

除非是你死了
除此之外
没有任何办法

垫脚的石头

无所事事的人悠闲得很
而且还有理由
诗让前人写尽了
文也让前人写绝了
于是
只好喝酒饮茶
或打打麻将
尤其是
当口袋里有了几个钱之后

有所事事的人忙碌得很
也自有他们的理由
据说地球有四十几亿年的历史
人类文明却不过五千年
地球的毁灭又要到几亿年之后
要做的事情不知有多少
即便将已有的推翻

按照我们希望的样子来重建
即便把这样的天翻地覆来上几百回
我们的时间也足够

至于前人
不过是他们可以用来垫脚的石头

创造者

所有的创造者创造的
都是一个自我
男人在用自己的阳刚之气
创造自我的同时
也创造了阴柔的女人
并让那个女人
成为他的一部分
于是有了自己的子孙

女人的阴柔
也可以创造自我
并在同时
创造出属于自己的男人
于是男女平等
这世界也为他们所共有
所谓天人合一
生活还会延续延伸

但总有一天
这所谓的合一还会分开
因为只要是创造者
都不会满足世界已然的样子
他们甚至会在创造之后破坏
或许只是一时的冲动
让生活有一个重新的开始
这当然也不是坏事

关于永恒

最不愿意说永恒一词
因为任什么都不能长久
宇宙不能
上帝也不能

宇宙虽大
却可以装在人的心里
更不用说上帝
那其实只是人类的玩偶

我的生与死
是宇宙的缩影
上帝所走的
也必是同样的过程

生命的长短
并非时间所能测定

故 事

黑夜追逐着白天
白天也追逐着黑夜
他们的速度相同
属于两个不同的世界

必须有谁来回头
像伏羲氏那样恋爱
那是一个诡计
又正中女娲的下怀

故事发生在兄妹之间
据说是出于无奈
和玛利亚的不交而孕
一样的别出心裁

之所以会有那么多故事
全有赖于那场洪水

关于酒

喝酒
是为了找到一种感觉
如果不喝酒
也能找到这感觉
那我也会滴酒不沾

醉翁之意不在酒
那是装醉
如同画一只工笔的蜻蜓
然后题之为醉舞
令日本人笑掉大牙

这个投江了
那个卧轨了
如果喝两杯
这样的事
或许都不会发生

悲 哀

帽子掉了
接下来是头
除非能像乌龟一样
把头缩进胸腔

那么多的胡思乱想
没了岂不可惜
只好闭上嘴
做个哑巴

瞪着一双眼
像条死鱼
多见了不怪
少见了也不怪

活着，也等于是死了
这是人生，最大的哀痛

笑的艺术

天生一张阴沉的脸
一笑
就成了卑鄙
至少在自己眼里
哭比笑更美

只有酒后的狂笑
或死前的冷笑
因为更真实
而不会令自己厌恶

还有偶尔的苦笑
因为不曾展示给他人
照一照镜子
也还可以独自玩味一会儿

只是为了
不再让眼泪流下来……

黄 昏

孤独已厌倦了孤独
去向寂寞中寻求伟大
一如白昼也厌倦了白昼
编织出满天的彩霞

小溪淙淙地流淌
润泽着大地的渴望
一张巨大的网张开着
俘获着生命的忧伤

安息吧，既然如此疲惫
何必还要苦苦地挣扎
那天空一边对什么人这样说着
一边把夜幕慢慢地垂下

最孤独者

最孤独者
不是我
而是从我的生命中逃走的
我的灵魂

它逃离我
是因为对我的怜悯
想让我过几天轻松的日子
吃喝玩乐寻开心

为了不辜负它的好意
我尽可能地放纵
有时候
已经忘记了它的存在

我不知道它离开了我
谁还可以与它为伴

是神仙
还是魔鬼

终于有一天
我听见了他的悲歌
于是只好重新束缚了自己
将它从游荡中召回

我发现
它不仅老了许多
而且
已经忘记了我是谁

忘却时间

时间没有动
动的只是钟表
而且与整个宇宙比起来
我们所经历的那一点点历史
又算得了什么
因此不如忘却
忘却了时间
也忘却了空间
在解放了自己的同时
去超越自然

虽然我们的生死
与地球的转动无关

蜜　蜂

有人说我是好色之徒
有人说我是在乱爱
其实我之所以要如此
只是为了多酿出些蜜来

我喜爱我的工作
不是为了赚回多少金银
我要以此来馈赠
馈赠那些喜爱我的人

喜爱我的人现在很少
但将来也许会很多
所以我一刻也不能休息
到死都要努力工作

趁着那花还未谢

我要多去转几个来回

哪怕是死在半途

也依然是无怨无悔

铁的沉默

也曾经疯狂地追求过
轰轰烈烈地恨过
爱过
那是一段
火红的记忆
但如今冷却了
而且被固定成型
浑身都是理性
也只好沉默

也时常会有说话的欲望
但往往还未出口就又被吞回了肚里
觉得一切都是废话
还不如留给自己更好
因为也只有自己更能理解自己

石 像

石像还立在那里
我们用不着担心它的冷热
以及它是否孤独和寂寞
因为毫无疑问
它只是座石像而已

或许什么时候还会被打碎
碾成粉末，用来铺路
被千万人践踏
我们也用不着悲叹
因为它只是块石头而已

至于那个人
我们可以将其记住
但也可以将其忘到脑后去
因为即便再伟大
他也只是个人而已

革命人

在批判的基础上阐述
在颠覆之后创造
于是旧的消失
新的出现
这是革命人的职责

革命人是威猛的战士
能正视惨淡的人生
直面淋漓的鲜血
在枪林弹雨中
舞蹈着且歌唱着

他贡献给这个世界的
也许只是个想法
但给这个世界带来的
却可能是翻天覆地的变化

松　柏

在摩天大楼之顶
歪斜着大半个身子
要展示一下扭曲的灵魂
像一面破烂的旗帜

因为所在之处甚高
人们看不见他的神奇
鸟儿驻足于肩头
险些颠覆了他的主义

想自己是夸父的后代
那太阳已坠入无底的禺渊
也希望能坐化成桃李
却要在惊恐中度过残年

另一个自己

没有两张完全相同的面孔
正如同没有两片完全相同的树叶
但窗外走着的那些人却都是生着两条腿
相互之间倒是并没有太大的区别

为了从众人中将自己拉出来
我会尽可能地将自己关在屋里
偶尔望一望窗外来感受一下自己的与众不同
然后便有了勇气去与另一个自己对语

心里向往着将这一个自己与另一个自己合一
一个不小心却从楼顶上摔下来
连两条腿也摔断了，路也走不成了
只好坐在路边上供人指摘

归　宿

我离开人
也离开地球
向着满天的星辰
我的梦幻
飞奔
不要拒绝我
不属于人与地球
的现在，过去与未来
否则，我将永远
流浪在宇宙空间里
成为垃圾
虽然，并不腐败

我要去的
这里，或那里
或许有我所要的
珍宝，也或许

仍是魔窟

让我不得不仓皇逃遁

但宇宙之大

无奇不有

必有一席属于我的

盛宴——天堂

在等待着我

我将在这里，或那里

找到归宿

安置

我躁动的

孤独的灵魂

我

有机物脱离了无机物
人脱离了动物
精神脱离了物质
我成为我

生活是一面镜子
他人是证据
自然和历史都只是背景
我成为我

曾经想成为神明
但最终又走了回来
只来做一个人
我成为我

无家可归

我如天马行空
独往独来
因为我是个
无家可归的人
别抛下我
满天的星辰

谁知道我从何处来
往何处去
无所谓成功和失败
又何必在意起点和终点
别抛下我
缤纷的花瓣

我终有一死
去与魔鬼作伴
我的灵魂

会如尘烟一样消散

别抛下我

美丽的梦幻

归　乡

晚祷的钟声悠扬
在田野上回荡
仿佛是在对我说
回来吧，这里就是天堂
无论你去到哪里
也还要回归到此处
也只有这大地的怀抱
才是你永恒的家乡

这悠扬的钟声
是在召唤我们回来
像是一条河流
将我们送回到大海
哪有什么天国
上帝又何在
若问我们最终要向哪里去

当知我们最初从哪里来

我曾经愤然离开
去四下里漂泊
唱着属于家乡的歌调
去追寻天国的极乐
徒增了许多烦恼
遭遇了太多的磨折
如今我要回归
还原一个本来的自我

我伫立在父母的坟前
止不住涕泣涟涟
我从没有流过这么多眼泪
在那一时之间
那几幢老屋
早已经破烂不堪
我终于又从里面走出来
在一个凄清的夜晚

我来到一片熟悉的树林
想找回些往日的踪迹
情境和当年并没什么不同
却找不回当初的顽皮

我想做一个儿时的美梦
却梦见一堆蚂蚁在我身上乱爬
我想自己注定已无家可归
禁不住又一次潸然泪下

献给我自己

——一个陌生的神

又一次，我向着自己进发
也仿佛是在逃遁
我对于我是那么熟悉
却又是那么陌生
我已在我的内心深处
为我筑起了一座庄严的祭坛
我要我奉献出的祭品
将是我全部的生命

为了我，我或许
将忍受一生的屈辱
为了我，我或许
将背负叛逆的罪名
我或许也是一个圈套
但是已经把我套牢
我或许也是一个陷阱
陷进来，这是我的宿命

我想知道我先前的来处

和我最终的去处

虽然我的现在，或许

只是我全部旅途中的一个污点

可是我却要用我的努力

了解我的全程，以及我存在的意义

我的现在也终将成为一个亮点

哪怕只是一时的灿烂

荷马荷马

我独立，然而孤单
连上帝也要为我悲伤
因为他也和我相同
无家可归，四处流浪

荷马，荷马
我曾大声地呼唤
没有人应答
人间，仿佛是荒原一片

如今，人们从教堂中走出来
那荒原又变成了这人间
我依旧独立
然而，已经不再孤单

荷马，荷马

我只是轻声地呼唤

我听到了人们的应和

湮没了上帝的悲叹

导 游

思想是一种危险的游戏
开始时，像是游览一个神秘的景区
那个导游是一个少女
而且，还是一个美丽的少女

可到了快要结束的时候
她却要卸下面具
露出一个狰狞的必然
告诉你那终点不是天堂，而是地狱

醉 歌

喝吧，只有喝醉了之后
才能听到那种更为深邃的声音
只有喝醉了之后
才能追踪着那声音去到午夜的边陲
才会知道我们在白天里的思想
是怎样的肤浅，而黑夜
是比我们想象中的深沉还要深沉百倍

喝吧，在喝醉了之后睡去
再在午夜的时候醒来
去倾听一种更深邃的声音
与我们的灵魂面对
谁想将这瞬间的快乐变成永恒的幸福
就只好是当太阳重新升起的时候
独自去到另一个世界里深睡

《人性，太人性了！》题词

从想到要写作这一本书那天起
我就被一种渴望和恐惧折磨
现在我终于从这种焦灼中解脱出来
享受到了追随伟大给我带来的幸福和快乐

其实这书中呈现出来的美好
只是我所要表达的全部当中的一小部分
其中的大部分都被我呈现给了
我的医生——我的女友和我的母亲

我已病入膏肓，只好选择了离开
远离女友的柔情和母亲的慈爱
这本书是我用生命筑起的又一个十字架
但愿它给这个世界送去的
并不仅仅是痛苦和悲哀——

写在我门楣上的话

在自己的房间里生活
没有必要去模仿他人
我自然也会嘲笑自己
和所有不曾自嘲的人

自　嘲

——《人性，太人性了！》第一卷

一同沉默很好
最好是一同来笑
头顶着丝绸般的蔚蓝
我们要笑
脚踏着锦缎般的碧绿
我们要笑
已然笑破了肚皮
岂止是要笑弯了腰

是的
这本书写得很糟糕
正因为此
我们才要笑
书写得一团糟
我们笑得也一团糟
笑完之后
请往坟墓里面跳

不要原谅
更不要宽恕
请把所有的鄙夷和厌恶
都送给这部书稿
是我的愚蠢
创造了这胡闹
我先要自己来笑自己
又给这个世界
增添了一个笑料

我喜欢低着头走路
像是在把什么东西寻找
我在寻找着的
一定是什么珍宝
但最终所找到的东西
竟然是一些笑料
还写成了这本糟糕的书
实在是太也可笑
可笑，可笑，笑完了之后
请往坟墓里一跳

题《查拉图斯特拉如是说》

啊，生命的正午
一天中最庄严的时辰
在高高的山顶上
我满怀着焦虑
等待着老朋友的光临

为了你们
我让冰河边的玫瑰绽放
为了你们
我让山谷里的溪水奔涌
我让飞鸟去邀请
让白云来欢迎
我站在高高的山顶上
等待着与你们相拥

谁住得离天国更近
一伸手就可以摘下星辰

谁住得离地狱最远

却可以和魔鬼相互交谈

我在这里摆下了筵席

在这里你们期盼

是的，或许

我已经不能讨你们欢喜

你们徘徊，踌躇，倒不如背弃

我或许已经不再是那个自己

连我自己也感到很陌生

我竟做了自己的逃犯

一个要征服自己的战士

竟然要离群索居到这种境地

我是在寒风最凛冽的地方

建立了自己的都城

我的国土被悬挂在半空里

上帝和祈祷都于我无用

是的，还是别来了吧

免得为了我徒增几分惶恐

去到天外拓荒谈何容易

除非你是比羚羊更敏捷比虎豹更勇猛

我知道自己并不是一个高明的猎手

虽然臂力无穷，眼力也很好
但是它总是在射程的半途中停下来
让猎物虚惊一场，然后逃之夭夭
我只好转过身去，将门朝着另一个方向敞开
不再回忆和怀旧而去把未来创造
就让那让不幸的过去成为一处处疤痕吧
好用那些情结，就把当做死结来割掉

啊，生命的正午
一天中最庄严的时辰
在这高高的山顶上
我满怀着期望
等待着新朋友的光临
突然
仿佛是一位魔术师施了魔法
我的查拉图斯特拉来了
他既不是我的老朋友
也不是我的新朋友
而是我最亲的亲人

查拉图斯特拉如是说

第一卷

1

三十岁的时候，查拉图斯特拉离开了他在平地上的家，去到山顶上居住。在其后的十年里，他用孤独和寂寞来养育自己的灵魂，从未感到过厌烦和倦怠，更从未感到过痛苦和悲伤。于是，他成了神。

那一天，他四十岁。他在黎明刚刚到来的时候走出所居住的山洞，对着从地平线上升起来的太阳说：

“啊太阳，你这伟大且崇高的星球啊！如果那些被你照耀着的人类不在了，你还会快乐吗？这十年里，你每天都到这山洞里探访，如果这山洞里没有了我，没有了即使我不在它们也还会在的鹰和蛇，你还会到这里来吗？

“啊太阳，你这慈悲与善良的星球啊！人类每天都在等待着你把光明和温暖送给他们，他们会因为得到了你的光明和温暖而感激你，因此当你要降落到山后面去的时候他们会祝福你，希望你明天还会再一次升起来。

“啊太阳，你这只知奉献不知索取的神明啊！你是因为厌倦了这光明和温暖才将它们贡献给人类的吗？我也厌倦了自己的聪明和智慧，我也要将自己的聪明和智慧贡献给人类，我也要让人类因为得到了这聪明和智慧而感激我，也在我离开的时候给我以祝福，希望有朝一日我也还会再回来。”

于是，查拉图斯特拉从山上走了下来，开始了他的人间之行。他要再一次成为人，成为一个预言者，去预言一个新时代——超人时代的到来。

2

查拉图斯特拉下了山。当他穿过树林时遇到了一个老人，那老人居住在树林中的一间茅草屋里，他遇见这老人时这老人正从那间茅草屋中走出来去树林中拾柴。老人对查拉图斯特拉说道：

“我见过你，你是查拉图斯特拉。十年前你就是穿过这片树林走到山上去的，但现在的你或许已经不再是先前的你了。当时的你仿佛是一堆灰烬，如今你却将自己变成了一团燃烧着的火。怎么，难道你是要把这样的一团火拿去送给人类，难道你不害怕人类会把你当成一个纵火犯抓起来，难道你要使自己再一次成为灰烬吗？

“是的，你已不是先前的那个查拉图斯特拉。你的眼神是那样明澈，不时地闪射出电光。你一路走来的样子就像是一个舞者，你是跳着舞走过来的。

“十年，我不知道你是怎么做到的，你把自己变成了一个孩子。世人皆睡你独醒，你要为那些睡着的人做些什么呢？你能对那些睡着的人做些什么呢？你住在山顶和漂泊在海上有什么不同呢？你或许感到有一些厌倦了。你要从山上下到平地上来一如要从海上回到陆地上来。你要用你的双脚走路，你想重新再做一回人。你觉得这是可能的吗？”

“我爱人类！”查拉图斯特拉说。

“我为什么会居住在树林里，难道不是因为我太爱这人类了吗？但现在我已经不再爱被我们称之为人类的那一群动物了，因为那实在是一件太不完美的东西。爱人类的结果只能是毁了自己，就像是把自己从一捆木柴，不，是从一棵树，一棵枝繁叶茂的树，变成一堆灰烬，如此而已。”

“我是要把聪明和智慧带给人类，这些东西在我已经是一种负担，但对于人类或许会是珍宝。”查拉图斯特拉说。

“不，什么都不要给他们，尤其是聪明和智慧，那是他们所不需要的。对你是负担的东西对于他们同样是负担，而且还会变得更加沉重。与其把你这些多余的聪明和智慧送去给他们，还不如把他们剩余的那一点聪明和智慧拿走，那才是最能让他们高兴的事。即便是他们向你乞讨，你也决不能给予得过多，而用不了多久，你或许也要成为乞丐了。”

“不，我虽然并不富有，但沦为乞丐，也还不至于。”查拉图斯特拉说。

那老人笑了，然后又说：

“还是不要去吧，和我一起居住在这树林里吧！把你的舞蹈跳给熊儿们看吧！或者像我一样来赞美上帝吧。对于我们这样的人儿来说，没有比这更美的事情了。”

“不，我还是要到平地上去看看，也许，人类现在也已经不再是先前的人类了。”查拉图斯特拉说。

“好吧，那你就去试试看吧，但愿他们不会把你当成一个贼抓起来。”那老人说罢，便又去拾柴了。

查拉图斯特拉朝着老人的背影行了个礼，同时在心里说：“怎么，难道他还不知道，上帝早已经死掉了吗？”

3

穿过树林，查拉图斯特拉来到一个镇子。这时，有许多人聚集在广场上，准备观看走钢丝艺人的表演。查拉图斯特拉便对他们说道：

“我是查拉图斯特拉，我原本是居住在山顶上的，这次下来是要告诉你们，人类是应该被超越的生命。至今为止几乎所有的生物都创造出了能超越它们自身的东西，如果人类是从动物进化来的，那他们就不应该再回到动物中去，而是应该继续往前走，也就是说要成为超人。就如同猿猴对于人类来说是个笑柄一样，如果人类不能超越自己，那对于超人来说，他们最终也一样会成为笑柄。不错，你们已经为自己开辟出了一条从虫子走向人类的路，但正因为在这条路上走着，所以你们身上的许多成分还都是虫子而不是人。从虫子走到人的过程中还要经过一个猴子的阶段，到了现在，有些人走过了这个阶段而变得比猴子更像人了，但也有些人又走了回去，因此是比猴子还更像是虫子了。更有一些人，因为自以为聪明，结果却是聪明反被聪明误，不仅已经退化成了虫子，甚至还要从动物退化成植物，甚至还成了植物和鬼蜮的结合。他们难道不觉得这是一种耻辱吗？他们难道不为此感到羞愧吗？但我来了。我怎么会把他们引导到那样一条错误的、荒谬的道路上去呢！

“我来了。我是查拉图斯特拉。我要告诉你们关于超人的事情。超人不是神而是人，他是大地和天空的全部意义之所在。我要你们保持住对于大地和天空的真诚，不要听信那些关于天外和地底的胡说，不要总想着可以自己揪住自己的头发把自己提升到天上去，更不用害怕谁能挖一条通道把你们送到地底下去。即便上帝曾经存在过，他现在也已经死了。连上帝都死了，那些其他的所谓的神明还能存留么？神死了，鬼也死了，天堂也没了，地狱也没了。但大地没有死，它仍然实实在在地把我们托起在地面上，还有那些山，那些水，那些草木，它们都没有死。但天空也没有死，它还仍然实实在在地被我们顶在头上，尤其是那太阳，那月亮，那星辰，那云彩，那雨雪雷电，那风……。我们必须保持住对它们的真诚。这一切都是自然而然的。以前，亵渎神明是最大的罪过；现在谁亵渎这大地和天空谁就是罪人。”

这时，那个走钢丝的艺人出场了。钢丝被栓系在两座高高的塔楼之间，他已经在那一边站好，要向这一边出发了。

4

但查拉图斯特拉还在说着：

“你们能够体验到的最伟大的事情是什么呢？那该是对一切属于过去的事物的轻蔑。甚至连那些曾经被指认为是最快乐和最幸福的事情，甚至是那些所谓的理性和美德，在这种轻蔑面前，都会变成让你们鄙视、恶心、呕吐的东西。

“那所谓的快乐和幸福有什么好？那只是一种建立在贫穷和痛苦基础上的安逸。那些所谓的理性有什么好？它们既不能使我们获得有用的知识又不能让我们为之沉醉。那些所谓的美德充其量也只是对不幸者的怜悯，结果却是将爱人类者钉上了十字架。我们所要的快乐和幸福不是建立在别人的贫穷和痛苦的基础上的。我们所要的理性不是让我们重新去做猴子、虫子、植物、鬼蜮的。我们所要的美德不是要把爱人类的人钉到十字架上去的。这些所谓的快乐、幸福、理性、美德只会让你们浑身沾满污秽，只会让你们成为猴子、虫子、甚至猪狗不如的东西。那能舔净你们身上污秽的闪电在哪里呢？那能让你们从蒙昧中醒来的霹雳在哪里呢？

“我是查拉图斯特拉，我要告诉你们关于超人的事。超人，他就是能舔净你们身上污秽的闪电和能让你们从蒙昧中醒来的霹雳。正如那根钢丝，人类只是一条绳索，这一头是猴子、虫子，那一头是超人，下面就是深渊。那是一段危险的旅程，一次伟大的超越。或者说，人类不是一个目标而是一座桥梁，他存在的意义不是永远向上攀登而是在攀登到一定高度之后向下走，从高高的山顶重新走回到平地上来。

“先要走到山顶上去，是为了对天空的敬畏。然后再走回的平地上来，是为了对大地的敬爱。再高的山也是大地的一部分，因此人类是属于大地的生命，永远也不可能成为神明。因为曾经登上山顶，也因此才可以傲视一切，使自己成为一支可以射向未来的箭。与那些整天想着去天外寻求生活之意义的人相比，我更喜爱那些随时都想着要为这大地和天空奉献出一切的人。

“我爱那些为知识而活着的人。我爱那些总是担心自己会成为骗子的人。我爱那些做的比说的更好的人。我爱那些冒着被毁灭的危险去否定过去和肯定未来的人。我爱那些因为敬畏神明而去鞭打神明的人。我爱那些无论遭遇到怎样的伤害都能保持住自己之主义的人。我爱他们是因为他们最终一定会走到平地上来。他们是从天空中落下的欢快的雨滴，预言了闪电和霹雳的到来，虽然他们都像所有的预言者们一样在不断地被毁灭着。

“我，查拉图斯特拉，就是那雨滴，就是那预言者。我说，那闪电和霹雳就要来了，那超人就要来了。”

那艺人终于迈出了他的第一步。

5

查拉图斯特拉说到这里之后沉默了一会儿。

看，他们站在那里笑着，他们以为我是个疯子，他们听不懂我的话，我对他们说这些话无异于对牛弹琴。难道我要割下他们的耳朵让他们用眼睛来听吗？难道我非要像那些说教者们一样高声地、结结巴巴地说话，才能引起他们的共鸣吗？他们称自己为有文化的人并以此自傲。他们不喜欢被蔑视，但我却要蔑视他们当中那些最得意的人。

在这样想过之后，查拉图斯特拉又对那些人说道：

“人类修正其目标的时刻到了。人类种下其最后希望之种子的时刻到了。土壤足够肥沃，雨水也很充沛，这是一个很好的时机。抓住这时机努力工作吧，因为接下来的也许就是干旱和贫瘠，到了那个时候，人类也就再也种植不出属于自己的希望，也就再也找不到属于自己的目标了。

“天空是人创造的，大地也是人创造的，如果没有了人，它们的存在还有什么意义呢？我们之所以能创造出这一个又一个星球，就是因为我们的脚下有泥污，心中有混沌，这有什么值得自卑的呢？我们的希望就是让自己也成为超人，我们的目标就是让人类成为超人类，否则就只能更快地被我们自己毁灭。

“现在让我来告诉你们什么是完人吧。完人也就是所谓的终极之人，那该是人最终的结局。他们自认为是最懂得生活的人。他们需要光明和温暖却不需要聪明和智慧。他们有朋友，有邻居，有妻子，有儿女。他们在与他人的摩擦中获得些许的能量。他们既不怨天也不尤人，既不厌倦也不怀疑。他们小心翼翼地走路，虽然还是会跌倒。他们也吸烟，喝酒，以此来制造出一个又一个梦境。他们最终或许会因为厌倦了自己的生活而服毒自杀。

“完人会用一些工作来消耗掉自己空余的时间。他们不会让自己太富有也不会让自己太贫穷，他们不会去统治别人也不会被别人统治，因为这对于他们来说都会成为负担。他们要的是安安稳稳，怡然自得。既没有统治者也没有被统治者，既没有牧羊人也没有羊群，大家都绝对平等，谁若有什么其他的想法就会被送到疯人院里去。

“他们偶尔会怀旧但从不关心未来。他们也争吵，为了这样那样的问题，但为了不至于消化不良而总能适可而止。他们白天有白天的乐趣，比如喝茶聊天；夜晚有夜晚的乐趣，比如做个有意思的梦。他们自认为找到了欢乐真正的意义。他们的寿命也许会更长，但其实他们已经死了。他们是最应该被蔑视的人。

“超人却不是这样的。他们不需要太完美却一定要卓越，因此要不断进取，不断超越，无论面临怎样的危险。他们很像是那个走钢丝的艺人。

也因此，他们的肉体很可能因此而过早地死去。

“但他们的精神将不朽。”

这时有人朝着查拉图斯特拉喊起来：“我们不要你的超人，让我们去做完人吧！”其他的一些人也跟着喊起来：“完人！完人！”那个走钢丝的艺人还以为人们是为他叫好，于是竟然又加快了他的步伐，很快便走到了中间，身体也还左右摇晃起来，愈加显得有一些危险了，但他还是一步一步地朝着这一边走过来了。

6

“我们的他信力会在获得了自信力的同时消亡，一如我们对朋友的渴望会在我们找到了自我之后消亡。我们或许更需要的是敌人，即能和我们对抗的人。我们必须通过战胜别人来证实自己。有的时候，我们甚至要用主动进攻的方式将自己的敌人制造出来，然后再以此来证明自己抵御进攻的能力。‘至少来做我的敌人吧，如果我们不能成为朋友！’我们经常会对所遇到的人这样说，因为我们需要在与他人的对抗和搏斗中获得能量。

“如果你想要与某人成为朋友，就必须愿意与他进行一场战争，你也必须有能力成为他的敌人。你甚至应该像尊重你的朋友一样尊重你的敌人，因为如果你不征服他，他又怎么能成为你真正的朋友呢？当你去与他较量的时候也就是你最接近他的时候，否则也就干脆只好‘今天天气哈哈哈’了。

“人是需要有自己的隐私的，这正是我们不愿意赤裸的理由，也正因为如此，我们得以延续。神死了，就是因为其过于裸露了。人用不着为了自己的衣服而感到愧疚，反而要永远保持住自己的羞耻之心，即便一百次被耶和华神从伊甸园里驱逐出来。

“但也用不着为了别人把自己装饰得太好。你要成为一个向导，一个路标，将你遇到的每一个人指引到通向未来的道路上去，或至少要让他们从心底里产生一种要超越自身的渴望。

“对于朋友，当他们饥饿的时候你该是面包，当他们患病的时候你该是良药。你是流动在他们身边的新鲜空气和从天上降下的甘霖。但当他们沾染了一身污秽的时候，你还应该是闪电；当他们还在昏睡着的时候你还应该是霹雳。

“女人则不同，所以不要到她们那里去寻找友谊。女人的爱永远是盲目的，狭隘的，不公正的，因此她们只能是小猫、小鸟那样的宠物，或者顶多是母牛，吃进去的是草，挤出来的是奶水。

“不要以德报怨，那会使你的敌人羞愧。至少你要装出很生气的样子，让你的敌人去高兴，以为是你被他们深深地伤害了。你要在心里对他们说：‘你们不要太得意，你们的伤害正是我所需要的，这会把我生命中的潜能进一步激发出来。’

“如果有人诅咒你下地狱，你不要反而去祝福他上天堂。你也要诅咒他下地狱，这才是对他的尊重。你要在心里对他们说：‘你们诅咒得对，我不下地狱谁下地狱呢，如果真有地狱的话？’

“如果你遭遇到了极大的不公正，一定不要独自去承受。相反，你也要制造出一些小的不公正还给那些使你遭遇了这不公正的人，负负得正，这样至少可以把你的敌人加在你身上的不公正减少一半。不要让你的敌人把你当成对手，但也不要让他们把你当成傻子；那样，他们会把更多的不公正加在你的身上，而太多的不公正是会把你过早地毁灭掉的。

“适当的报复胜过完全的忍受，因为惩罚对于犯规者来说也是一种荣耀。让你的敌人感到荣耀吧，让他们快意于你的苦痛，那会加速他们的灭亡。

“当你明明是正确的时候，宣布自己是错的比坚持说自己是正确的更伟大。这是一个足够强大的人才能做到的事。我们应该拒绝那些充满了仇恨的公正，因为它是与刽子手、绞刑架紧密地联系着的。

“但哪里才会有充满了爱的公正呢？我要如何才能把原本属于人类自己的东西再贡献给人类呢？够了，我也只能把原本属于我的东西贡献给他们了。我希望他们会感激我，当我离开他们的时候会来祝福我，希望我有朝一日还能再回来。”

查拉图斯特拉如是说着，但已经没有人再听他的说话了，因为这时有一个小丑儿模样的人也紧随着那个艺人走到钢丝的这一边来了。那小丑一边走近先前的那个艺人，一边还不住地叫喊：“喂，你这个笨蛋，懒鬼，你挡住我的路了，如果再不快一些走，我可要从你的头顶上翻过去了。”走在前面的那个艺人说：“臭小子，有本事你就翻吧，只是不要碰到我，否则我们就只好一起从这里飞下去了。”这当然是他们事先准备好的节目，在下面也许已经练习过不知多少次了，查拉图斯特拉想。

或许连他们自己也没想到会失手，当那个小丑儿真的从前一个艺人的头顶上翻越过去的时候，虽然他自己是稳稳地落在钢丝上了，但那个走在前面的艺人却从钢丝上落了下来，而且刚好落在了查拉图斯特拉的身边。人们在散开之后又围上来，但终于又在围上来之后散开了，因为他们看到的只是血肉模糊的一团。当艺人从昏迷中醒来的时候，只有查拉图斯特拉站在他的身边，连那个小丑儿也不知跑到哪里去了。于是在艺人和查拉图斯特拉之间便有了下面的对话：

“你是谁？”

“我是查拉图斯特拉。”

“你为什么在这里。”

“我只是路过，正好看见你从钢丝上摔下来。”

“噢，对不起，让你见笑了，但这是我必然的结局。”

“不，如果不是那个小丑儿的话……”

“什么小丑儿，你是说从我头顶上越过去并给了我一脚的家伙吗？那是魔鬼，他是要把我送到地狱里去。”

“不，没有魔鬼，也没有神，你是一个艺人，走钢丝是你的职业，你摔了下来，只是一个疏忽，一个意外。我不会因此鄙视你，反而会更加敬佩你，因为你并没有把自己拴在那钢丝上，你是一个真正的艺人。如果你死了，我会把你的尸体掩埋起来。我会为你举行一个葬礼，虽然参加那葬礼的也许只有我一个人。”

“如果没有牧师，我的灵魂会怎么样呢？”

“放心吧，你的灵魂会比你的肉体死去得更早。”

那艺人慢慢闭上了眼睛，却把他的手伸给了查拉图斯特拉。

这时，太阳已经落到山后面去了。

7

查拉图斯特拉把那艺人的尸体背了起来仿佛是背起了自己一样，他想将其埋葬到镇子外面的墓地里去。他刚刚走出镇子，就有一个身影闪到了他的身边。是那个小丑儿跑过来对他轻声说：

“你是查拉图斯特拉，我知道。现在你已经离开了这个镇子，离开了就不要再回来了。这里的人都恨你，他们已经把你视为仇敌，说你是个窃贼，是个骗子，也许还是个纵火犯。如果今天没有这个艺人，那个死掉的人也许就是你了。无论如何不要再回来，否则明天，我就只好从你的头顶上翻越过去了。”

说完之后，这小丑儿便转身跑回到那镇子里去了。

查拉图斯特拉继续往前走。快要走到墓地的时候，他遇见几个掘墓人，是刚刚为什么人掘好了坟坑收了工往回走的，他们手执着火把迎了上来。他们用火把照了照查拉图斯特拉的脸之后说：

“哈哈，我们认识你，查拉图斯特拉。怎么，你现在不再做神而要和我们来抢饭吃了吗？”

查拉图斯特拉没有搭理他们继续走自己的路，但他的肚子也的确是有一点饿了。于是他朝着田野上的一间亮着灯的小屋走去并叩响了那间小屋的门。一个老人的声音从屋里传出来：“是谁打搅我的睡眠来了呢？”

“是一个背着尸体的活人。我知道一个能拿点东西给我吃的人，也必能给我的灵魂以安慰。”查拉图斯特拉说，他也不知道自己怎么会说出了这样的话。

老人立刻把门打开了一道缝，并将一些面包和酒递给了查拉图斯特拉。

“请你的同伴也吃一点吧，也许他比你还更要饥饿呢！”那老人说。

“我的同伴已经死了，我想他已经不知道饥饿是怎样一种感觉了。你能再借我一把铁锨吗，我要把这尸体埋到墓地里去。”

“那正好，我所能给你的也并不多。铁锨就在门廊下，你自己去拿好了。”说罢，那老人便将门关上，继续去睡他的觉了，查拉图斯特拉则接过面包和酒并拿了铁锨去到了墓地里。他先是吃了些面包并喝了些酒，然后便挖了个坟坑将那艺人的尸体埋了进去，再然后便斜倚在那个新堆起的坟头上睡着了。

8

查拉图斯特拉醒来的时候已经是第二天早晨了，阳光透过墓地边上一棵老树枝杈间的缝隙照到他的脸上，让他意识到了新的一天已经来临。他站起身来，发现眼前的世界非常广阔，除了那棵老树和几个新的或旧的坟堆之外几乎一无所有。他想起了发生在昨天的那些事，想起了那个被他埋在了坟坑里的艺人。他突然感到了从未有过的孤独和寂寞，他突然意识到自己需要一个同伴，一个活着的同伴。于是他对着那棵老树和几个新的和旧的坟堆，也是向着已被他埋在坟坑里的那个艺人，更是对着他自己的心说道：

“是的，我需要这样一个同伴，他该和我有着同样的感情和思想，他该是心甘情愿跟随着我的，而不是被我随意背到哪里去埋掉的死尸。我不该去对着那些不理解我的群众说话，而是应该对着这个和我有着同样胸怀的同伴说话，每当我说出一句话的时候他都要给我一个点头或一个微笑。每当我说完对一个问题的看法之后都应该得到他的一个拥抱，或者他还可以接着我的话说下去，说出一些让我意想不到的话来，让我也从中获益。

“是的，我不该这样孤独寂寞地活下去了。我该去找到这样一个同伴，他既不是一个牧人也不是牛和羊，他该和我一样是一个独立且自由的人，他该是一个破坏者也该是一个创造者，他该是一个种植者也该是一个收获者，他该可以对那些所谓的理性和美德说不，他该可以蔑视一切，尤其要鄙视那些所谓的完人，他该情愿被那些平地上的人说成是窃贼、骗子、疯子，他该可以走在那根通向未来的钢丝上而毫不畏惧，他该可以随意实现对自己的超越。

“唉，你这不幸的艺人啊，我要离开你走了。我要去找寻我的同伴，或是去找寻那由创造者聚集起来的人群，我要把关于超人的事讲给他们听。我将朝着我的目标前进，我将超越原有的自己。我的进步将是所有终极之人的没落。”

……

查拉图斯特拉说完这些话之后，呆呆地在那墓地中站立了许久，那些掘墓人来过了又走了，并没有谁来打搅他。

我要到哪里去寻找我的同伴呢，他想。

9

快到中午的时候，天空中传来一声尖锐的嘶鸣。查拉图斯特拉仰起头向天空中望去，看见一只苍鹰正在他的头顶上盘旋，而一条蛇却缠绕在那苍鹰的脖颈上，不像是两个对手在搏斗，倒像是两个的朋友在游戏。

“这不正是我的朋友——陪伴着我在山顶上居住了十年之久的那只苍鹰和那条毒蛇吗？你们这太阳下最高傲、最富于聪明和智慧的动物啊，你们是到这里来探望我的吗？”

查拉图斯特拉兴奋得几乎要跳起来了。于是，他开始对那鹰和蛇说起话来：

“它们是来看一看我是否还存在着的吧？是啊，我现在是否还存在着呢？我的朋友，你们能否给我以指点，告诉我，为什么在人群里会比在兽群里感觉到更多的危险呢？我需要更多的聪明和智慧，谁能给我呢？如果有朝一日我的聪明和智慧没有了，我的骄傲还可以和我的热情一同飞翔吗？我的人间之行为什么要这样来开始呢？我的精神要经历怎样的变形呢？难道真的要先变成骆驼，再变成狮子。最终再变成小孩子吗？

“这人世间，有多少重任是要我们的精神来担负的呢？我们的高傲是专为自卑来摧残的吗？我们的聪明和智慧是专为愚昧无知来嘲笑的吗？我们爬到高处去是为了什么，我们追求真理是为了使自己的灵魂变得更加贫乏吗？既然我们已经患病，为什么还要拒绝安慰呢？我们先是谦恭地跪下来，让人类把重物放在我们的肩上，然后再一步一步地向着那无边无际的沙漠里走去是想让自己变成一头凶猛的狮子吗？成为狮子的目的是要去战胜猛龙吗？

“这或许是我们的精神所必须要经历的三次转变吧。先是从一个人变成一匹骆驼去忍辱负重，然后再从一匹骆驼变成一头狮子去战胜猛龙，最终再变回来，变成人，而且是一个小孩，满怀着天真，那是一个新的开始。再然后，人类才能去超越自己而成为超人类。”

终于，那鹰带着那蛇飞走了，查拉图斯特拉也走出了那墓地来到大路上。他遇到了几个少年，听说他们是要去听一个智者的讲座，讲座的题目是睡眠与道德。于是他便跟随着这几个少年一起来到了那个所谓智者的面前。令他没有想到的是，那个所谓的智者竟然就是前一天给了他面包和酒并借给他铁锨的老人，他也就顺便把铁锨放回了原处，并对那老人表示了感谢。那老人说道：

“请问什么才是我们生活中最高尚的道德呢？无疑是睡眠。你们一定不要与那些到了夜间也不能安眠的人交往，他们是不道德的人。只有窃贼是不在夜间睡觉的，他们总会在这个时候悄悄地走近别人家的门窗前去寻找下手的机会。

“睡眠是一种艺术，并不是什么人都能顺利完成的一件作品。要想有一个完好的睡眠，就必须有一个清醒的白昼，因此你必须想办法使自己疲倦，这也便是我们工作的意义。你必须在白天去发泄自己的精力，也必须在白天去寻求所谓的真理，否则你的胃口就会受到影响，要么饥饿难忍要么消化不良，最终都会影响到你的睡眠，使睡眠质量大大降低。

“对良好睡眠的渴望可以大大减少犯罪。我要去做伪证吗？我要去勾引邻人的婢女吗？只要一这样去想，良好的睡眠就没有了。信仰上帝、邻里和睦、服从统治者的统治（哪怕那个统治者是个瘸子），这一切都是必须的，甚至还要与魔鬼保持住一种和谐的关系，就因为这都是保证你能有一个良好睡眠必备的条件。良好的睡眠没有了，其他的一切也就不复存在了。

“每个人都是自己的牧者，每个人都要让自己往生满了绿草的地方去。谁愿意总是去经历危险呢？没有，一个也没有，因为那是不利于睡眠的。我们也不需要有太高的名望和太多的财富，因为那会成为我们的负担，负担太重是不利于睡眠的。但些许的名望和财富也是必须的，因为一点负担没有也是不利于睡眠的。朋友也是一样，不能太多但也不能没有，太多了让人烦，太少了又寂寞，这都不利于睡眠。

“还有聪明和智慧，太多了尤其不好，整日地思考一些本不该他去思考的问题，大多也只能是自寻烦恼。有时我们到应该去做一个傻子，也就是去装糊涂，因为太认真是不利于睡眠的。所以可以喝一点酒，喝了酒之后我们便不会去钻牛角尖了，这是有利于睡眠的。

“还有，当一个人睡着了的时候我们切不可去叫醒他，因为睡眠是这世界上最神圣的事。每一个睡着了的人都是这个世界的主人，和上帝是一体的。”

查拉图斯特拉听完了这智者的讲座之后说道：

“如果人生是如此没有意义，那我们还为什么要活着呢？如果活着就是为了睡眠，那死去不是更好的睡眠吗？与此相比，遁世岂不是更好的选择吗？把上帝想象成一个艺术家，把这个世界当成是上帝的幻梦和奇想，是飘过一个创造者眼前的彩色烟雾，这难道不是一件很危险的事吗？这世界是永远都达不到完美的，所以我只好把自己的幻想抛弃到这世界之外去。上帝，他是被我们自己创造出来的一个幻象，是从我们自身的燃烧中走出来的神明；但当我们让自己的灰烬又一次燃烧起来的时候，那上帝便在我们的眼前消失了。

遁世是人类生命对大地的失望，生老病死是人类肉体最大的局限，于是人们只好寄希望于天外。但是你们没有感觉到自己是有着创造力的吗？哪怕只是那么一点点，不也是在证明着我们自己的存在吗？我，这个存在，离开了肉体，它的存在还有什么意义呢？我们该赞颂这肉体，一如赞颂这大地，尽管这肉体是不完美的，一如这大地也是不完美的。如果这一切都是完美的了，那要我们还有什么意义，要我们的创造力还有什么意义呢？

“你们这些人，称得上是肉体于大地的忘恩者，好在你们想去到的世界离你们太远了。不过对于你们这些人，我们还是要宽容一些的。你们就仿佛是一些病人，即便是痊愈了，也时常还会在半夜里醒来去到上帝的坟墓前去巡礼，尽管这时你们仍认为自己的肉体是一个累赘，是应该被摆脱掉的躯壳。”

那个老人听了查拉图斯特拉这番话之后似有所悟，但还是说：

“对不起，查拉图斯特拉先生。我之所以讲了那些话和听你讲了这些话，都不过是为了今天夜里有一个更好的睡眠。而我现在是要去吃点什么并喝点什么了，否则，我的睡眠就会受到影响，前面的付出也就白费了。”

于是，查拉图斯特拉便成了那几个少年人的老师，继那个老人之后给那几个少年讲起课来。

是为查拉图斯特拉如是说之第一卷。

后记

也忘记是在上中学还是读大学的时候了，最早记住尼采是读鲁迅的《拿来主义》，说他自诩为太阳，光热无穷，只是给予，不想取得，但又毕竟不是太阳，结果发了疯。同时似乎也就知道了他的超人哲学和积极的个人主义，但直到最近才又读到了他的《查拉图斯特拉》，也才对他的超人哲学有了一些深入的思考，并把他的超人哲学垫在了我的“我学”脚下，也可以说是从西方人的哲学中为我的“我学”找到了基础。

我从上大学之后开始真正地写诗和画画，使用的第一个雅号是“神人”。这个词来自庄子的《逍遥游》，我所最看重的倒不是他的存在状态，因为我是不相信人可以不吃饭而活着的。我所喜欢的是他“无功”的思想境界，也因此，我便要放弃仕途，便只能来成为一个诗人和艺术家，虽然也还是要挣出一点儿钱来维持生计。于是大学毕业后我先是放弃了记者的职业而去教书，而且很快就在北京的琉璃厂文化街一次又一次地办起了自己的个人画展来，我也因此开始有了一点儿钱，从贫困中渐渐地把自己解放出来了。

记得我在办首次个人画展的时候那挂在门前的横幅上写的就是“南乡（因为我是在北京的南城外长大的，当时也还居住在那里，故名）神人画展”，因此而吸引了不少人的眼球。当时还为自己油印了一页简介，既有中文又有英文，在将“神人”这个词翻译成英文的时候因为找不到对应的词，便使用了“superman”——即“超人”这个词。但当时我是并不很满意的，因为我实在是怕引来人们的误解，以为我是自认为要超然物外的，因为至少我还是要卖画赚钱的。

但画展搞到20世纪90年代初便不搞了，倒不是因为我已经赚足了钱，而是因为画卖不出去了。原因是在20世纪80年代，外国人来中国旅游的很多，而我的那些带有神秘色彩的绘画正对他们的胃口，可进入90年代之后外国人来中国旅游的虽然也不少，但到北京琉璃厂去购物的人却少了，据说是因为他们上了很多的当，买了很多的伪劣东西回去，伤心了。这自然只是一种说法而已，也未必是这么回事。但现在想起来，我那时二十几岁，那些作品也实在还算不上有多么高明，至少和我后来的作品比起来是要差一些的。或许有的西方人最终认为是在我这里上了当、伤了心也说不定，所以我的“生意”并没有随之“红火”起来也很正常。

但好在我自己也看到了这一点，于是便埋起头继续苦干起来了。这一干就是十年，被我后来自称为“十年隐居”，但虽然是居住在西山，却只是西山脚下的一个居民小区里，并不是像真正的“神人”和“超人”那样离群索居到大山里面去，而且每天也还是要吃饭睡觉，而且还要应付老婆和打理孩子，但大部分时间也的确都是用在了写作和绘画上了。在写作和绘画的过程中去思考，这思考当然也可以说成是所谓“参禅悟道”，那状态一定是与真正的“神人”和“超人”差不太多的，很有点要“无功”和“超然物外”的意味了。那个十年是我在文学和绘画创作上收获最丰厚的十年，我的主要的最具有代表性的文学和绘画作品基本上都是在这十年中完成的。正因为有了这个十年，我便可以很骄傲地说：我创造出了另一个自我。

如果将庄子的“神人”和尼采的“超人”比较一下的话，或许前者是要更为超然的，因为“超人”在上去之后还要下来，即所谓“往下走”，而那个“神人”是要坐在山里就不出来了。虽然是要“使物不疵疠而年谷熟”，但那或许是需要到山里去拜一拜他的，不像是那个超人还要去到处“演讲”，让人家把他当成是疯子。但庄子也写出了他的上下篇，而其中的那些整天说着一些不着边际的“大话”的人物也正和查拉图斯特拉有一比。还有陶渊明的“归去来兮”，还有李太白的“梦游天姥”，其实也都属于同一类。

我也是一样，既然自以为是创造出了一个自我，也就还要把这个自我通过各种方式贡献给他人，除了卖画就还要出书，而且还要去“演讲”，于是就有了更多的作品，还有了更多的著述，于是也就有了所谓的“新神秘主义”和“我学”。我的“我学”中所说的那个自我当然也是“神人”和“超人”，但我想它或许会显得更亲切，更容易被他人接受一些。我是一个自我，你也是一个自我，每个人在创造自我的同时也就创造出了他人，每个人在注重自我的同时也要尊重他人，因为如果他人得不到尊重，你的这个自我也就没有立足之地，因为每一个人都是要注定生活在他人之间的。于是，在生活上努力去与他人一样，在思想境界上努力与他人不同，便成了我的人生哲学。

读到尼采的诗集是大学毕业之后的事，但并不喜欢他这种太短的形式，所以有好几次都只是翻一翻就又放回了书架。这一次先是译了泰戈尔、惠特曼、聂鲁达、普希金、莱蒙托夫、海涅等人的诗，于是就又向书架上扫了一眼，也就抽到了他。

这也许是命中注定，他的这些富于哲理性的诗在语言上的吝啬正好给了我发挥的空间，而他的超人哲学和神秘主义又似乎正与我在哲学上所创立并信奉着的“我学”和在艺术上实践着的“新神秘主义”暗合，于是我有时也就能乘机将我的思想填充进去。于是他的三言两语成了引线，我的工作也就从先前的译变成了一种再创作；也因此，这部书也曾被名之为《尼采的拓展》。

其实我与尼采也的确大有共同之处。比如我因为姓孙，孙字的汉语拼音“sun”正是英文里的太阳，于是我便刻了一枚以太阳为图案的印章作为自己的标志。这个标志经常出现在我的美术作品上，如果我不说别人很难领会其中的含义。而且，我也曾经像尼采那样觉得自己光热无穷，要只贡献而不索取，像鲁迅那样吃进去的是草挤出来的是奶，像马克思那样死在自己的工作岗位上。我与尼采的不同是他最终发了疯，而我至今也许还并没有而最终或许也不会。

还有，尼采活了56岁，而我今年已是57岁。但愿我不会像他那样短命。

因为上面提到了我的“我学”和我的新神秘主义，所以便要把我的《我学要旨》和《新神秘主义艺术简论》附在这里，这是在我的文集《大师的传说》中出版过的。

附文1：

我学要旨

1

我学者，我家之学，亦如道学、儒学之所谓。

宇宙的爆炸或许是因为先前的坍缩，所有的部分都凝聚成了一个整体，且密度极高，到了谁都无法容忍的程度，于是爆炸。在爆炸之前还会有一个短暂或并不短暂的沉默。“沉默啊，沉默啊！不在沉默中爆发，就在沉默中灭亡。”于是终于大爆炸。而且是一系列的大爆炸，或许直到今天也还并没有结束，就因为有了人类。

在这一系列的大爆炸中，银河系从宇宙中独立出来，太阳系从银河系中独立出来，地球从太阳系中独立出来，有机物从无机物中独立出来，动物从非动物中独立出来，人从动物中独立出来，自我从人类集体中独立出来；从本能到意识，从意识到精神，最终成为一个崇高的境界——人类文明的顶点。

人类是肉体群居、精神独立的高智能动物，任何要改变人的这一本性的做法都不能成功。道家的学说崇尚自然，为人类的精神独立开辟了道路，但其主张“独善其身”和“小国寡民”则违背了人类肉体群居的本性。儒家的学说崇尚秩序，为人类社会行为设置了规范，但其主张“克己复礼”和“君君、臣臣、父父、子子”则违背了人类精神独立的本性。因此二者都不能被人们普遍接受，最终让外来的和尚钻了空子。佛教的得势是因为将眼前的一切统统抹杀，将人类对美好生活的追求化为对来世的寄托，如此省事的做法正中中国人的下怀；一无所有者可以无视自己的贫穷以自欺，腰缠万贯者可以否认自己的富有以欺人，于是各自的生活便被谎言维持了下来。

20世纪，中国人以革命的方式成功演绎了宇宙大爆炸的全过程，其获得的最伟大的成果是让人们重新发现了自我，当一切已有过的理想都化为了泡影之后，或许自我将成为一种崇高的精神得到人们的认同而成为一种更伟大的宗教，让人们的生活变得有声有色起来并具有了超乎寻常的意义。

精神的独立是自我存在的证明。然而在以往的社会中，这独立却被统治者以社会的名义剥夺，于是单个的人失去了存在的意义，要么成为猪狗和牛马，要么成为人形的机器，最终成就的只是几个帝王将相而已。在此期间也有跳出来的狂人，但大多都是除了能给后世留下几段日记之外也就不再能有太大的作为了。

有了精神的独立也便有了思想的自由，人们会将自己的聪明才智充分地发挥出来以成就自我。这个自我的成就对于任何生活在这个世界上的人都是很重要的事，而对于在精神上有着更为强烈之追求的文化人尤其如此。在物质生活中或许可以努力地与他人相同，但在精神生活中却要努力地与他人不同，这或许正是孔子之“君子和而不同”更内在的意义。

人与人在肉体上的不同是有生俱来的。人体虽然都是碳水化合物，而且其大体上的构造也相同，但由于家族遗传基因上的差别却具有不同的模样和血型；即便是一奶同胞的兄弟，由于先天或后天的种种原因也会造成其在性格上的诸多不同。环境决定性格，性格决定命运，人与人就这样地区别开来，正所谓“性相近，习相远”；而到了精神境界的层面，人与人的区别就更可以是十万八千里了。但人类的高智商为人与人的相互沟通提供了条件，既各自独立又能相互理解更是文化发展的方向和人类文明的必然。

成就自我曾经是一件痛苦的事，屈原的“哀蛮夷之莫吾知”、李白的“世人见我恒殊调，闻余大言皆冷笑”、辛弃疾的“知我者，二三子”、鲁迅的“人生得一知己足矣，斯世当以同怀视之”，等等，是因为众人的精神缺失和思想禁锢，而这种缺失和禁锢正是旧的社会制度造成的畸形和病态。随着社会的发展和文明的进步，人们的精神和思想会以一种健康的状态呈现于生活的各个层面，对自我的追求将成为一件既崇高、神圣又快乐、幸福的过程。

和谐作为一种社会状态的标志是有条不紊的秩序和丰富多彩的方式。有条不紊的秩序来自于人类立宪的严谨和守法的自觉，丰富多彩的方式来正来自于人类精神的独立和思想的自由。当每个人在文化上都成为一个独特的自我，人类文化的繁荣时代就真正地来临了，人类文明也将进入一个更加辉煌的时代。虽然是“辟地开天盘古绩，造人补漏女娲功；文明历史五千载，多有卓然王者兴”，但毕竟是“俱往矣，数风流人物，还看今朝”。真正的王者将是那些用独立的精神和自由的思想成就了自我的今人。

虽然在有我之上还有无名、无功、无我之境，即庄周之所谓“逍遥”、孟轲之所谓“浩然”、老聃之所谓“玄之又玄”、孔丘之所谓“从心之所欲”，然过犹不及，且皆非人之所能为，自以为是反成对自我之颠覆，故暂存而不论。

2

某些人提出要文艺复兴和回归古典不仅仅是因为太喜爱传统文化，而是基于对新文化的失望和自信力的丧失，甚至也可以说这本身就是对现实和自我的否定。其实他们当中的大多数对所谓的传统文化也未必有很全面和深入的了解，只不过是将连鲁迅笔下的“我”也恋恋不舍的那一碗“清炖鱼翅”做了进一步的想象，也就因此而忘记了那其实只是一碗“乌鸦炸酱面”，实在是可怜得很。因此，对现实和自我的肯定便是摆脱这可怜的唯一办法。于是有我学。

儒家要“克己复礼”。“礼”是维持西周奴隶社会秩序的制度，那其实是较之后来的封建更为落后、非人道、“吃人”的社会制度。后来的封建统治者之所以要时不时地尊孔，自然是也想复兴和回归，因为复兴和回归更有利于他们的“吃人”，但反过来也证明生活在封建社会中的人们是要比生活在奴隶社会中的人们幸福多了。但那些所谓的统治者和被他们统治的百姓一样都是人，他们其实也一样会感觉到生活在一种相对较好的社会制度下的轻松和愉快，也因此他们的尊孔也有时会反过来变成反孔，有很多时候也同样是因为要实现对现实和自我的肯定。最可恶的是那不好的社会制度，是被人们的愚昧和无知喂养出来的恶魔，人因此而被异化成非人，人间也因此而异化为非人间，而在这样的过程中，“我”也就无情地被克制，甚至要被摧残殆尽了。

道家要回归自然。人本身虽然也是自然，但因为有了高智慧，便将自己与其他的自然对立起来。人在认识自然的同时认识自我，最终还会将自我放在自然之上，但这也就与其组成的社会发生了矛盾，因此有了儒家的“克己”而成了对自我的摧残，也因此又有了道家的“无己”而成了对自我的颠覆，所谓的成仙，是连做人的权力也放弃了。最终成就的只是一种制度，一种有利于少数人的制度。这些少数人要么强悍，要么阴险，更多的时候强悍与阴险兼而有之，他们正好利用这种制度来将自己的快乐建筑在别人的痛苦之上。但他们也还是人而不是魔鬼，他们也会时不时地利用手中的权力对社会进行这样那样的改良，否则他们也同样有被魔鬼吞噬的危险，而不仅仅是被被统治者推翻。所谓的“人法地，地法天，天法道，道法自然”，已将人放在了地底下，而那不愿屈从于众人的“我”也自然就没有存在的必要而只好去做逍遥游，也正为恶人留下了更为广阔的空间，世界也因此而被黑暗所统领了。

除此之外还有杨朱的“拔我一毛以利天下而不为也”，这是对自我的固守，但精神没有了只剩下一个肉体，即便落得个毫发无损又有什么意义？

儒家“知其不可而为之”，通过对社会的肯定而摧残自我，是对制度的肯定也是对邪恶的忍让。道家知其不可为而不为，通过对自然的肯定而颠覆自我，是对制度的否定也是对邪恶的逃避。释（佛）家或许走得更为极端，即通过对来世的肯定来否定现世，因此又常常反过来成为邪恶的帮凶。儒释道三教正如同压在人们头顶上的三座大山，人且做不成更别提什么“我”了。也因此人们总会问出一个问题：我是谁？没有谁回答得出。于是有我学。

相对于这个世界来说，只有我才是本体。虽然是因为有了这个世界才有了我，但我一经出世，或当我一经认识到自我的存在，一切就都可以被颠倒过来了，即这个世界是因我而生并且要因我而存在的。因此，我将尽可能地发挥我的聪明才智，来证明我的存在，要努力在尽可能大的空间和时间内让世界服从于我的意志。弘扬自我的同时尊重他人，立足现实的基础上创造未来。我既是我也是你，同时也是全人类，相互之间畅通无阻。

于是，复兴与回归之说或可以休矣，精神的独立和思想的自由将成为人类文明的最高境界。

附文2:

新神秘主义艺术简论

1

无论人类在地球上的产生、存在、发展以至于最终的灭亡是一种物质的偶然还是一种精神的必然，无疑都是在经历或创造着一个神奇的过程。这一过程的神奇之处在于既可以被整个人类极力地膨胀也可以被某个个人极力地浓缩，就如同整个宇宙在一瞬之间爆炸又在顷刻之间坍塌了一样。所谓的神秘也正蕴含在这伟大的神奇之中。

神秘主义是哲学的同时也是艺术。老聃是中国旧神秘主义哲学的鼻祖，他的学说所展现出的正是这样的奇异的景象：历史的发展没有了过程而只剩下了开头和结尾，时间被割裂，空间被折叠，当未来被过去强行蹂躏了之后，所剩下的便只有“玄之又玄”的“众妙之门”了。

庄周是中国旧神秘主义艺术的宗师。与老聃不同的是他不仅可以将世界之广大与人类之渺小通过一种温柔的方式统一起来，还在事物发展的开头与结尾之间发现了过程的美丽，更可以在他人最不经意的某一点凝神，最终打开通往幸福与快乐的大门；由此进入到一个无限广阔的世界里去解放自我，去做他所谓的逍遥游。

想象力是人类所具有的最为伟大的可以超越自然的力量，而庄周正是这一伟大力量的超级拥有者。那个居住在藐姑射山里的神人，“肌肤若冰雪，绰约如处子”是可以长生不老，“吸风饮露，不食五谷”是可以遗世独立，“乘云气，御飞龙，而游乎四海之外”是可以自由自在地来往于过去与未来之间，而“神凝，使物不疵疠而年谷熟”则是要心想事成。这是要用精神代替物质、灵魂代替肉体，是要用意念改变世界，是要在道法自然之后再来一个自然法人。这当然都只是美好的愿望，最终能真正独立的只能是精神，能绝对自由的只能是思想，否则就只能是自欺欺人了。

但也正因为如此才有了他那些美丽到极致的散文，那是中国旧神秘主义艺术（这里的艺术是包括文学在内的）神圣的经典。

2

只要我们能如藐姑射山中的神人那样将神凝起便可以发现，世界上的每一件事物都有着自身发生、发展和灭亡的过程，而这一过程不论怎样的短暂，又都可以揭示出整个世界的本质，这正是神秘无所不在的真正原因。所谓的神人不过有着太多灵性的人，他们可以在事物发展过程中的某一个点上停下来而将其作为起点开始工作，最终创造出一个属于自己的精神世界。

诚然，哪怕是最为简单的美丽也并不简单。一朵花之所以被人感受到美丽，从表面上看是因为其开放过程中所展现出的奇妙的形状和鲜艳的色彩，但这奇妙的形状和鲜艳的色彩之所以能给我们带来快感却是因为其潜在地向我们传递着更多的信息，既包括植物生命发生的原因和最终的结果，也包括贯穿于二者之间的全部过程，对人类生命花朵的绽放给予巨大的鼓舞。一株植物与一个男人或女人，只是因为物种的不同而在生命的存在方式上有所不同而已。肉体的生殖是一个最普通的过程，但所能带给我们的感受却已然有着太多的奇妙；如果不是因为自然与社会的限制，人类是可以永远沉浸在这原始的冲动之中的；

但不幸的是自然与社会对这种快乐的限制有时会强大到令人无法想象的程度，连起码的要求都不能得到满足，更不要说什么快乐与幸福了。

但人类毕竟是高智商的动物，这种高智商的最高境界可以超越自然与社会的限制创造出无限美好的感觉，并可以以艺术为载体来与他人共享；甚至超越时空，去与未来以至过去的人类交流，实现其永恒的价值和意义。生活在更多的时候只是一种对命运被动的承受，艺术在更多的时候却是一种对上帝的自觉的反抗。也因此艺术创作的任务绝不是对现实生活的模仿或还原，而是对现实生活内在本质的表现和提升。事物在光天化日之下所呈现出的外在的美丽往往不能长久且还是粗俗与浅陋的代名词，能让人回味隽永的是那些让人难以捉摸和不可思议的东西，也即事物内在的美丽。雾里看花与水中望月虽然可以用来说明神秘主义艺术的表层特质，但还远不能揭示其深刻的内在本质。为了让自己的作品能给人带来更强烈且恒久的美感，艺术家还会人为但非盲目地将艺术与生活拉开更远的距离，或在二者之间制造一些沟通的障碍，甚至还会适当地通过残暴的手段将生活扭曲变形，最终创造出一种与现实生活近于完全两样的东西，而真正的美感也就在这样离奇荒诞的状态下产生了。

也因此，石涛笔下的深山老林和八大山人笔下的丑石怪鸟竟成了中国古代绘画的顶点。

3

银河系从宇宙中独立出来，太阳系从银河系中独立出来，地球从太阳系中独立出来，……直到人类从动物界独立出来，每一次独立出来的过程一定都是一段惊心动魄的历史。但自我从人类集体中独立出来的历史或许会更加惊心动魄。

人是肉体群居的动物，但也是精神独立的生命，只是由于自然和社会的限制，即便是那些精英也免不了成为政治的牺牲品，屈原如此，李白也如此，除此之外还有许多。神话传说靠想象编造出故事是为了征服自然，庄周的散文在想象的基础上加入思辨是为了超越自然。文人艺术的因得意而忘形是为了表现自我精神的独立和思想的自由；而他们的所得之意也正是他们对于身外世界最奇异的感受，那也正是一些用语言难以直接述说的神秘。

中国以往的艺术要么与宗教和政治搅在一起成为宣教艺术，要么与世俗生活搅在一起成为娱乐艺术。宗教和政治是要指鹿为马将精神变物质，世俗生活是要附庸风雅让物质变精神；因此与二者搅在一起的艺术便失去了应有的神秘属性；即便是可以被称为日神秘主义艺术的中国文人画，也因为历史的局限而未能开拓出足够的专属于自己的空间。

盛行于20世纪的写实主义是政治宣教的工具，盛行于当今的新古典主义是世俗娱乐的玩物；正在招摇过市的后现代、后后现代主义者们则以颠覆一切传统为名发泄着自我，最终的结果或许也只能是自我的毁灭。新神秘主义艺术并不是要完全割裂艺术与宗教或政治以及世俗生活的联系，而是要将他们之间的距离拉开得更远一些来为自身赢得更广阔的空间。在尊重传统的前提下弘扬个性，在立足现实的基础上创造未来，这是一种理性的自觉。

宣教艺术的目的是宣教，娱乐艺术的目的是娱乐，但新神秘主义艺术的目的却是对艺术本质的执着追求。现在，人们对自然、社会和自我都有了更为深刻的认识，现实社会也为人们精神的独立和思想的自由提供了更为广阔的空间。因此，中国的艺术家也该从那种非驴非马的尴尬境地中解放出来，并拥有一片专属于自己的天地了。

新神秘主义或许可以成为引领中国艺术走向未来的旗帜。

2015年7月于北京西山